バロックの試み

市川　宏
Hiroshi
Ichikawa

文芸社

目次

バロックの試み

太陽と海の午後

ある日　私は海を旅していて
（どこの空の下であったか、もう忘れたが）
美酒を少し海に流した
「虚無」に捧ぐる供物として

Paul Valery

時計の針は午後三時を指している。太陽は空高く歩みを止め、先ほどから少しも動かないかのようだ。その輝きをふんだんに受けながらも、なお無限の奥行を感じさせる空の青さは、少しも失われることはない。眩しい青の拡がり。ぴったりと閉ざされたガラス窓越しに、男はそれを見ている。

真夏の午後。だが部屋の中は冷房がきいている。たいして広くはないが、清潔な室内。サマーセーターに夏向きのコットンパンツという寛いだ服装の男は、白い壁にそって置かれた長椅子に楽な姿勢で腰を降ろし、上体をクッションのきいた背もたれにあずけたまま、窓の外を見ている。長椅子の上、彼の傍らには読みかけの本が一冊。残りの本は、部屋の隅にあるデスクの上に積まれている。その横には彼が持ち込んだ小型の卓上時計が置かれていて、彼はこの時計で午後三時を読んだのだ。

　海辺の小さな町。その町から少し離れた、岩の多い、切り立った海岸に囲まれた小高い丘。沖合いから眺めると、それはちょうど海の底から突き出した、まだ硬さの残る処女の乳房のようだ。海から上がったばかりでその乳頭がこわばり立っているだろうあたりに、小さなホテルが建っている。噴水を配した南欧風のパティオを囲い込むようにして回廊をめぐらし、どの部屋からも充分な陽差しと海の景観を楽しめるように配慮された、現代的な建築。ポストモダンと云うのだろうか、装飾的な曲面を用いながらも、全体に機能的な構造になっている。ベージュの漆喰で塗られた石造りの塔に、ガラスのモザイクを巻きつけたように窓が並ぶ。そのホテルの三階の一室に彼はいる。

　彼がこのむしろ保養施設というべきホテルの客になって、すでに半月になる。彼は休養のためにここに来たのだが、このホテルは彼の目的にはおあつらえむきだったようだ。この半月というもの、彼はここで、街での生活や仕事の一切を忘れて、怠惰で快適な、空っぽの毎日をすごしていた。知った人の一人もいないこの土地での、都会のそれとは対照的な、安らかな孤独と倦怠。深い沈黙に包まれた毎日。実際、分厚いガラス窓は、炎天の外気を防いでくれるかわりに、果てしない時を刻んで反復する波の音さえ閉ざしてしまうのだった。そんな中で、彼の萎え疲れた神経もしだいに回復しつつあった。

今朝も、誰にあるいは何に起こされるでもなく、早くに爽やかな目覚めを迎えた。まだ陽差しが強くなる前に散歩に出かけ、一回りして帰ってきたところで朝食を摂る。その後ロビーの長椅子で、全くの傍観者として、つまり一切の外部の出来事に対して自然に心を閉ざしたまま、ゆっくりと新聞に眼を通し、あとは昼食まで自分の部屋で本を読んだり、ぼんやりしたり。昼食には彼も他の滞在客と会話を楽しみ、午後はずっと自室で読書。だが、こうした完璧なまでの緊張感の欠如、何の危険も何の歓楽もないという状態は、一週間とたたずに単調な生活に飽き飽きして、都会の生活に帰りたくなるに違いないという彼自身の予想に反して、ある種麻薬的な効果を示し始めている。飽きるということが苦痛ではなくなってしまい、事実彼は、二週間という当初の滞在予定を、もう一週間延ばすことを本気で考え始めているのだった。

長椅子から立ち上がると、彼はゆっくりと部屋の中を歩き回る。本にも飽き、彼自身の心臓の鼓動を除けば、この部屋の中で聞こえている唯一の音である時計の音に耳を傾けるのにも飽き、ついには窓の外を眺めることにも飽きてしまった彼は、急にこの部屋から締め出されているものたちが恋しくなったようだ。白昼の熱気、潮の香、潮騒。そこで彼は運動がてら午後の散歩に出かけることにする。

エレベーターで一階に降り、ロビーに出ると、ブロンドの美しい女が彼を見かけて長椅子から立ち上がる。彼女は優雅でしなやかな歩き方で彼に近づくと、親しげな笑顔を見せて挨拶する。

彼女はこのホテルの滞在客の一人で、彼は何度か、食事のときかその前後に、食堂かこのロビーで話したことがある。ある人が物知り顔で彼に耳うちしたところでは、彼女は北部の都市の鉄鋼会社の重役夫人だそうだし、別の者の囁くところでは、主に海外で活躍している高名な舞台女優だということだ。彼自身の受けた印象では、言葉はとても流暢だがどことなく外国人のようにも思われる。だがこのホテルにいる限り、話し相手の素性など彼にはどうでもいいことなのだ。唯一注目に値するのは、彼女の美しさ、その魅力だ。ブロンドの波打つ長い髪、大きな緑色の瞳、形のよい肉感的な唇、それらの構成する整った顔立ち。そして、すらりと均斉のとれた、しかも充分に成熟した肢体。歳は三十二、三、あるいは実際にはもう少し上かもしれない。いずれにしても、その年齢は彼女により円熟した魅力を与えてこそいるが、彼女からいかなる美のかけらさえ奪うことができずにいる。

彼は丁寧に、しかも親しみを込めて、挨拶を返す。女は嬉しそうに微笑む。あきらかに彼に好意を持っているようだ。誰に対しても上品でいくぶん冷淡な態度を崩さない彼女が、彼にだけは、これまでにも何度か自分から言葉をかけてきている。彼のほうでもこの美人には少なからず惹かれていたので、そのたびに快く応じてきた。彼らは妙に気が合ったし、二人の会話はいつも快適なものだった。彼女を間近に眺め、その声に耳を傾けるたびに、彼はささやかな官能の昂ぶりを覚えるのだった。

今も、高価な薄絹で作られた趣味のいい夏のドレス（それは恐らく表の陽差しの下では、その内に包み隠された肉体を、ことにその腰から太股のあたりを、この上もなく煽情的に映し出し、浮かび上がらせるに違いない）を身に纏った彼女は、優雅で知的で、しかもひどく官能的だ。その肉体もさることながら、その声や、話すときの微妙な抑揚、ときおり見せる憂いを含んだ笑顔、ごくさりげない動作や物腰の中に、知性と多分に肉体的な情緒とが渾然一体となって、この女をいっそう魅力的にしているのだった。

だが、こうした彼女の魅力のうちで、彼がいささかなりとも心を動かされ、彼の官能を本当に喚起するのは、実のところ二つのものでしかない。一つは、彼女のドレスの深く抉られた胸元に広がる、ほどよく小麦色に焼けた素肌、そのさらに奥に秘められているであろうミルクのような、真珠母のような、真白な部分を予感させる素肌の、その色ぐあいであり、もう一つは、彼女の緑色の大きな眼だ。何故だろう？　それは彼女の肌の色が、少なくともこのホテルの滞在客たちの中では、最も自然で見事だからであり、その健康的に日焼けした素肌は、彼に十年前の彼女の姿を想像させ、さらには彼自身の十年前の夏の日々をも思い出させることができたからだ。そして彼女の深く澄んだ緑色の眼、十年前の青春の日にはもっと美しく、翳りなく輝いていたに違いないその緑の瞳は、今もなおわずかに燃え残る情熱を湛えて、歳月の流れの大きさを優しく彼に伝えているのだった。

女は尋ねる。

「お出かけですか？」

「ええ、少し身体を動かしたくなったもので」

「わかりますわ。ここは退屈ですものね」

少し間をおいて、彼女はさらに尋ねる。

「やはり明日お発ちになりますの？」

「そのつもりです」彼は少しばかり力なく答える。

「残念ですわ。せっかくお近づきになれましたのに」

「ぼくもですよ。実を云うと少し迷っているんです。できればもう二、三日ここにいたいとも思うのですが、やはり仕事のこともありますし」

「そうですわね。やはりお仕事は大切ですもの。でも、あなたが行っておしまいになったら、私きっと、とても淋しくなりますわ」

女はわずかに眼を伏せる。その頬がかすかに赫らんでいる。彼は優しさを込めて云う。

「あなたにお逢いできて、とても幸せでした」

彼の言葉を聞くと、女は意を決したようにその瞳を上げ、彼を見凝めて云う。

「今晩、お食事のときにご一緒していただけません？」

「もちろんです。喜んで」

「それに、もしよろしければ、お夕食の後もご一緒に」

「もちろん、喜んで」彼は答える。彼にもこの誘いの意味はわかっている。女の緑の瞳が熱っぽく輝く。

「嬉しいわ。最後の晩ですもの」それから彼女は右手を上げて彼の腕にそっと触れると、ややうつむいて、囁くような早口でこう云い添えたのだった。「今夜どんなことが起きても、私、後悔したりしませんわ」

「わかっています」

女は彼から離れ、もとの長椅子に戻っていく。彼はフロントに部屋の鍵を預けると、正面玄関のガラス張りの自動ドアへと向かう。

一歩表に出ると、彼が求めていたものたちが一斉に襲いかかり、彼を包み込む。照りつける太陽、熱気を孕んだ風、潮騒、海の匂。一瞬の眩惑、そして官能の震え。だがそれは長くは続かない。まもなく全ての新鮮さは失われ、彼の背後で自動ドアが徐に閉ざされ、退路が遮断されるころには、もはや何の感動も残っていない。玄関前の低いスロープを下って前庭に出るまでには、彼の身体はすっかり外気に馴染んでしまい、新しい環境と一体になっている。今では、わずかに潮騒と潮の香だけが、ささやかな誘惑を保ち続けている。

潮の香? いや、それだけではない。もっと別な匂、何かしらん人を酔わせるような、そうしておいて人を白昼の悪夢に誘い込むような、強烈で独特な匂が、海の匂と巧みに混ざり合って、あたり一面の大気を満たしている。快い匂だ。しかしその強烈な個性ゆえに、ほんのわずかな加減によっては不快感をも誘いかねない。

《何故、今まで気づかなかったのだろう?》彼は思わずひとりごちる。いや、気づかなかったのではなく、恐らくは、気づこうとしなかったのだ。この蠱惑的な、むしろ危険な誘惑を感じさせる匂は、あきらかに海のほうからやって来る。見事なまでに白昼の沈黙を支配しているその匂に惹かれるまま、彼は海へ向かって歩き始める。

ホテルの広い前庭は、海岸に面した崖の縁まで続いている。庭一面に敷きつめられた芝生の中に、細かい白砂利敷きの小道が、ゆったりとした幾何学模様の曲線を描いている。芝生の所々にはスプリンクラーとともに花壇が造られていて、真紅や純白の、あるいは薔薇色や青紫の花々が咲きそろい、鮮やかな色彩の対照を見せている。

菫や水仙に似た花が多いようだが、都会育ちで植物にはまるで疎い彼には、はっきりしたことは判らない。

　見上げれば、空は果てしなく青く、輝きに満ちて拡がり、遥か海の彼方には、量感豊かな白い雲が群れている。潮騒と真昼の静寂、無辺の空間の広がりとそれを満たす色彩の対照。時はまるで忘れ去られたかのようだ。

　小道をたどり、崖の縁に近づくにつれて、件の匂の正体があきらかになる。芝生からもはずれた、まさに崖っぷちというあたりに、一群の黄色い大柄な花が咲いている。間違いない。これこそ彼を惹きつけた匂の源だ。彼はすぐそばまで行くと、腰を落として間近に観察してみる。丈は五十センチほどで、大型のラッパ状の花がしっかりと直立した茎の先についている。濃い緑色の、槍先のように鋭く尖った長い葉が、花茎を取り囲んで垣を作るように、根本近くから伸びている。遠く離れても嗅ぎわけられた濃厚なその匂は、百合にハマナスや月下美人のそれを混ぜ合わせたよう。

　どうやらこの花は『エゾユリ』と呼ばれているものに似ているようだ。彼は前に何かの本で（およそ植物学とは縁のない本ではあったが）その花について読んだことがある。彼の記憶に残っている記述はいずれも、いま眼の前にしている花のそれと照合している。だが、こと匂に関しては、具体的な紹介はなかった。しかも、生育地はもっと北の国だったはずだ。《まあいい》彼はひとりごちる。名前などどうでもいいではないか。この大柄な黄色の花は確かにここにこうして咲き誇り、その匂で俺をこの海を見下ろす崖の上へと導いたのだ。

彼は立ち上がり、遠く水平線のあたり、海の碧と空の青が境を接し雲が群れ漂うあたりを眺めやる。そして花香に噎せかえるばかりの空気を深く吸い込む。そのやり方は、俗にエンジェルダストと呼ばれる粉末の興奮剤を、鼻から吸い込むさまに似ていなくもない。それから、太陽にきらめく海面を眼で愛撫するようにして視線を下ろしていき、最後にすぐ足元の崖の下、岩の多い狭い海岸を見下ろす。そこで彼の視線は快い驚きとともに止まる。そこには、波打ち際からほんの数メートルのところに、一人の若い女が、丈の短い白いローブを纏い、長い黒髪を潮風になびかせながら、海の彼方を見凝めるようにして佇んでいるのだった。

渚に佇む若い女は、今しも身に纏った白いローブを脱ぎ捨てようとしている。腰を締めている紐を解き、釦を上から順にはずしてローブの前を開くと、そのまま足元に落とす。日に焼けた若い肉体が、午後の太陽と海のきらめきの間で露にされる。だが、残念なことに裸ではない。彼女は黒のビキニの水着を着けている。次に彼女は一歩踏み出すと、片膝をついてその場にかがみこむ。履物の紐を解くためだ。どうやら彼女が履いているのは、長い紐を伴ったスパルタ風のサンダルらしい。両方のサンダルをロープのそばに脱ぎ捨てると、女はまっすぐ歩いて、静かに海に入っていく。

　無造作に頭の中ほどで分けて流した、背中の半ばまでもある艶やかな黒髪。見るからにしなやかな、すらりとした細身の身体。長く伸びやかな手足。日に焼けたその素肌は遠目にも瑞々しく、健康的だ。歩き方がまた素晴らしい。背筋を伸ばし、凛と胸をはって、彼女は海の中を進んでいく。しかも硬さはみじんもない。いたって気楽そうに歩いているのだが、その姿には何処となく、見る者に彼女の性格、つまり彼女の情熱の激しさ、気まぐれの強さ、誇り高さなどを予想させるものがある。

　まるで押し寄せる波の抵抗など少しも感じないかのように、彼女は歩いていく。やがて胸の少し下あたりまでの深さになると、勢いよく身をひるがえし、沖へ向かって抜き手をきって泳ぎ始めるのだった。

　崖の上からずっと女を眺めていた彼は、彼女が沖を目指して泳ぎだすのを見とどけると、自分も渚に降りてみることにする。だが、低い崖とはいえ七、八メートルはあろう。下手に無理をすればつまらぬ怪我もしかねない。彼は手ごろな降り口を捜し始める。

　それにしても、どうやらあの若い女は、たちまちにして彼を魅惑してしまったらしい。単に彼女の肉体の魅力によるものなのか、あるいは、ぎらつく太陽と、その光を波のゆらめきでかき乱している海からなるこの場の情景全体から生じる、多分に非現実的な効果のためなのか、それとも、これもまた黄色い百合のような花の発する誘惑的な匂のせいなのだろうか？　いずれにせよ、彼女はほとんど一瞬にして、非常に強烈な、しかもきわめて官能的な印象を、さながら鋭い鞭の一撃のごとく、彼の心に刻みつけたのだった。この官能の昂揚は、容易に彼を去ることはあるまい。

さて、彼の求める「手ごろ」な場所はすぐに見つかる。そこは岩の凹凸が激しく、傾斜も比較的ゆるやかで、所々突き出した岩がひどく不規則な天然の階梯（かいてい）を形作っている。ここならば、ほとんど立ったままで下へ降りられそうだ。自然というこの上もない匠によって完璧にカムフラージュされた、そして、あの若い女もきっとここから降りていったに違いないと思われる、この奇妙な石段（それは自然神を祭る太古の祭壇へと通じる犠牲（いけにえ）の道を思わせる）を、彼は注意深く、一歩一歩確かめるようにして下り始める。

崖を降りきると、ちょうど先ほどまで彼が立っていた場所の下に出る。このあたりは岩が多く、砂地の渚は幅も奥行も狭い。左右両側に五十メートルほど隔てて、海に突き出した大きな岩の塊があり、そのためにこの渚は小さな入り江のようになっている。彼は靴を脱ぐと、片手にそれを持って、裸足で砂の上を歩く。日に焼かれた砂が熱い。太陽はいまだ空高く海の彼方にあり、その歩みは遅く、その力に衰えはない。彼は波打ち際へと歩みを進める。波に洗われて濡れた砂は、生温かく気怠い。寄せる波が薄い水の皮膜となって、なめらかな曲線を描いて砂の上に拡がり、足元を洗っていく。冷ややかな感触が快い。海は眼前に生きいきと拡がり、無限の生命を秘めて逞しく息づいている。そのきらめきはいっそう間近く、眼にしみる。一面の光の乱舞。その中を女は力強く、まるで海に挑みかかるように泳いでいる。そんな彼女を海は快く受け入れ、懐深く誘(いざな)っているかのようだ。

彼は海を見凝め、泳ぎ続ける女を見凝める。波打ち際を歩くうちに、打ち上げられた海藻が足に触れる。暗褐色の半ば乾涸びた塊は、メドゥーサの髪の朽ちたなれの果てのようだ。あたりに岩の多いところを見ると、あるいはその髪の下には、彼女の頭、その醜い顔までが、ペルセウスに、あるいはアテネーに首を切られたときそのままの凄まじい形相で、砂の中に埋もれているのかもしれない。何しろ海というものは気まぐれで、世界の果てからどんなものでも運んで来かねないのだから。

彼は海藻をさけ、水際からすこし退ると、傍らの岩に腰を降ろす。近くの砂の上には、女が脱ぎ捨てたローブとサンダルがある。彼は女が濡れた素肌の上に、その丈の短い、薄地のローブを纏うときのことを想像する。そのイメージは、いささか豊満さに欠けるとはいえ、古代地中海のアフロディテ像に劣らず、彼の欲望を喚起する。

古の多島海への綺想から離れて、海に、というよりもあの女に眼を戻すと、すでに彼女の泳ぎ方からは挑戦的なまでの力強さは失われ、ゆったりとした優雅な泳ぎに変わっている。もうそれ以上沖へ出ようとはせず、一回りゆっくりと泳ぐと、今度は仰向けに身体を浮かせて、波に身を委ねたまましばらく休んでいる。遠く沖合にヨットが一隻。小型のクルーザーのようだ。鮮やかな白い帆がすべっていく。それより少し手前、上空に鷗が数羽、何事にも無関心な様子で舞い戯れている。

彼は女から眼を離さない。彼女は再び泳ぎ始める。ゆっくりと優雅に。そして一回りすると、また仰向けに浮いて、漂いながら休む。何回かそれをくり返した後、前と同じように勢いよく身をひるがえすと、今度は岸を目指して泳ぎ始める。再び力強く、しかし決して急ごうとはせず、方向を誤ることなくひき返してくる。

女はゆっくりと戻ってきた。深さが腰のあたりまでになると立ち上がり、入っていったときと同じように、背をまっすぐに伸ばし、胸をはって歩き始める。黒いビキニに覆われた胸はさすがに荒い息にはずんでいるが、彼の予想に反して、さほど疲れてはいないようだ。すぐに彼に気づいたようだが、少なからず侮蔑的な一瞥をくれただけで、あとはまるで彼も彼の視線も無視するようにして、歩き続ける。やがてすっかり水から上がると、立ち止まって、身体をわざと見せつけるかのように彼のほうを向く。そして、ずっと自分を見凝めている見知らぬ男を、まっすぐに見凝め返す。その視線からは何の恐れも警戒心も窺われない。むしろ冷笑に近い微笑みさえ浮かべている。

深く澄んだ黒い瞳。くっきりした三日月型の優美な眉。すっきりと筋のとおった形のいい鼻。紅をつけないままでも血色のいい唇。整った美しい顔立ちだ。それを包む軟らかな曲線でかたち造られた、やや面長な輪郭。その頬に、細く華奢な首筋に、日に焼けた肩に、濡れてはりついた豊かな黒い髪。雫に濡れて輝く素肌。水着に覆われた胸はあまり大きくはないが、形のよい隆起を見せ、平らかな腹にはわずかな無駄もなく、細く引き締まった腰は、まだわずかに硬さを残しながらも、なめらかな線の裡に豊饒を窺わせ、充分に魅力的だ。

今初めて正面から間近に眺めるこの女は、どうやら彼が考えていたよりもさらにいくらか若いようだ。十七、八、あるいは十九。いずれにしても、少女と呼んで呼べなくもない年頃だ。危険なほどの純粋さと豊かな官能が一つの精神と肉体の中に同居し、未熟さと成熟の混沌の中にも、少女の面影をどこかに残す。それは最も肉体の美しさを誇りうる年代でもあろう。彼は観察者としての賛意を込めて、しかし同時に無遠慮なまでの熱意を込めて少女を見凝めている。彼女のほうでも、値踏みするかのように男を眺めているが、その態度は挑発的と云うよりも、むしろ挑戦的と云うべきだろう。かくて二人の眼が合い、彼らは見凝めあう。まるで運命づけられた恋人たちのように。刹那、女の瞳に白熱の炎がゆらめき、その黒い大きな眼がひときわ深く澄みわたる。一瞬の情熱、そして再び冷笑。情熱は瞬時にして虚しく燃え尽きてしまったかのようだ。

少女は彼に背を向けると、自分のローブのところへ行き、ローブとサンダルを拾うと、そのまま立ち去るべく歩き出す。ところが何を思ったのか、途中で立ち止まり、彼のほうをふり返ると戻ってくる。彼に近づき、淡々と告げる。

「もうすぐ潮が満ちてくるわ。こんなところにいると危ないわよ」

そう云われて彼は初めて気がつく。確かに、水際がすぐ足元まで迫ってきている。だが彼は少女の警告に応えない。と云うより応えられない。太陽の直射にさらされていたせいだろうか、少しばかりぼんやりとしてしまって、応えるべき言葉が浮かんでこないのだ。

少し待って、彼女は思いがけないことを云いだす。

「どうしても海を見ていたいのなら、もっといい場所があるわ。案内してあげる。一緒にいらっしゃい。そこなら満潮でも心配ないわ」

意識の混沌の中から、たった一つの言葉が浮かび上がる。

「行こう」

やっとそれだけ応えると、彼は砂の上に置いておいた靴を持って立ち上がる。とたんに眼の前が真赤に曇り、全ての視界が失われる。やはりそうだ。太陽にやられたのだ。ふと彼の意識に後悔の影がよぎる。しかしそれは束の間でしかない。まもなく眩暈はおさまり、同時に迷いも消える。彼は少女の後について歩き出す。彼女はふり返りもせず、先に立って歩いていく。

少女は、崖の中ほどにある岩棚へと彼を導いていく。そこへ上るためには、さっき彼が下ってきたあの天然の石段を途中まで遡り、そこからさらに、今度はとても石段などとは呼べないような足場をつたって、進まなければならない。若い女はロープとサンダルを片手に持ったまま、慣れた身のこなしで岩肌を進んでいく。そのしなやかな下肢の動きは、後に続く彼の眼を楽しませる。彼もまた左手に靴を持ち、裸足で慎重に足場を捉えながら進んでいく。快い緊張感。女はさっさと一足先に目的地にたどり着くと、後をふり返り、罠に這い寄る獲物を見るような、奇妙な笑みを浮かべて彼のほうを眺めている。

やがて彼もたどり着き、思いがけなくも差し出された女の手に助けられて、岩場の上に立ち上がる。そこは半径二メートルほどの、横につぶれた半円形をした頑丈そうな岩棚で、見ようによってはオペラ劇場の桟敷席のようにも見える。海という、森羅万象を平然と呑みこむ広大な舞台を擁した、天然のオペラハウス。表面の岩肌は起伏も少なく、平坦で、広さも充分だ。なるほど、確かにここはおあつらえむきと云えよう。満足感とともに一歩踏み出した彼は、不意に左足の爪先あたりに激痛を感じ、思わず低く声を洩らす。靴を投げ出し、その場に腰を降ろすと、足の裏を調べる。ガラスだ。ガラスの小片が親指のつけ根近くに突き刺さっている。彼は痛みを堪えながら、そっと、そのガラスのかけらを抜き取る。傷は思ったよりも深く、ガラスを抜いた痕からいっそうひどく鮮血が溢れ出る。すると、それまで傍らで覗き込んでいた娘が、その場に膝をついてうずくまり、両手で彼の傷ついた足首を捧げ持つようにして持ち上げると、頭を下げて傷口に唇を押しあてる。垂れかかる長い髪をふり払いながら、周囲に溢れ出た血をきれいに舐め清め、さらに傷口を優しく口に含む。払っても再び垂れかかる髪と、彼女の体位のために、残念ながらその表情を覗うことはできないが、彼女はその無理な姿勢にもかかわらず、彼の驚嘆をよそに、深々と傷口を含んだまま、新たに溢れ出る血を啜りつつ、ただならぬ熱意を込めて情熱的な接吻を続けるのだった。

ようやく傷口から唇を離し、身体を起こした女は、半ば茫然と自分のほうを見凝めている男に向かって、ガラスのかけらを渡すように要求する。ガラスはまだ彼の手の中にある。彼が従順にその手を差し出すと、彼女は広げられた掌の上から、そっと血にまみれた小片を取り上げる。指先で注意深くつまむと、それを自分の口もとへ運び、舌を伸ばして、こびりついている血を丁寧に舐めとる。技巧に長けた舌を傷つけぬように、細心の注意を払いながら。それからサンダルと一緒に置いておいたローブを取ると、その裾の方を使ってガラスのかけらを包み込み、まるでレンズか大粒の宝石でも磨くようにして、きれいに汚れを拭いとる。ローブの布地には、破瓜(はか)の床の跡のような、かすかな紅色の染みが滲んでいる。

彼は好奇心に駆られるまま、女の仕種をじっと見守っている。彼女はすっかり汚れを落とし、磨き上げられた小片を、彼のほうに差し出す。それを受け取ると、彼はもう一度自分の掌の上にのせて観察してみる。

それは一辺が三センチほどの歪んだ三角形をした、透明なガラスの小片で、厚さは五ミリぐらい、何かの瓶の破片らしく、全体に丸みをおびて湾曲している。その表面のなめらかな丸みのために、この小片は原始的なレンズのようにも見える。三つの頂点はそれぞれに全て鋭いが、中でも最も鋭角な頂点（それはまちがいなく彼の足を突き刺した頂点だ）は、その先端において見事に細く、鋭く尖り、三角形の小片全体に鏃(やじり)としての機能をも与えている。二つの歪んだ三角形の曲面は、とてもなめらかで、ほとんど傷一つ見当たらない。そして、三角形のそれぞれの底辺となる三つの細い切断面は、いずれも個性的な特徴を見せて湾曲し、表面も複雑な起伏に富んでいるが、ある一つの底面だけはなめらかで、隣接する裏側の曲面、つまりかつて瓶の内側の一部であったと思われる曲面を、深く削り取るようにして、あの、厚手のガラスの破片によく見られる、貝殻様の扇形の広がりをなしている。その切断面はとても美しく、水晶に刻みつけられた貝の化石のようだ。

若い女は、再び彼のほうに手を伸ばすと、要求する。

「返して」

理不尽にも思えるが、その表情は頑なだ。

しかたなく彼は女の手にガラスのかけらを返してやる。

彼女はさらに云う。

「ここは狭いわ。もうちょっと奥に行きましょう。少しはましよ」

彼は逆らわない。傷ついた足を庇うようにして岩棚の奥に移ると、これ以上危険なものが落ちていないことを確かめたうえで、背後の岩にもたれるようにして腰を降ろす。女もガラスのかけらを大事そうに持ったまま立ち上がると、彼の左側に少し間を置いて腰を降ろす。彼は身体を起こすと、前に乗り出すようにして、海を見下ろす。潮はもうかなり満ちてきている。さっきまで彼が座っていた岩は、すでに海に呑まれつつある。こころなしか波の勢いさえ増したような気がする。太陽はようやく高度を下げ始めたが、その輝きに衰えは見えない。この岩棚の上にも、容赦なく翳りのない光をふり注いでいる。

若い女は、しばらく手の中でガラスのかけらを弄んでいたが、やがて小片の最も鋭い頂点とその底辺を右手の人差し指と親指で支えるようにして、表面を汚さないように気をつけながら持ち直し、ひどく真剣な表情になって彼のほうを見る。その様子に気がついて、彼は女のほうに眼を向けたまま、背後の岩にもたれるように身体を戻す。自分が男の意識を捉えたことを承知すると、女は指先に支え持ったガラスを二人の間の岩の上、仮に二人が本当に劇場の桟敷にいるとすれば、座席の背もたれの上あたりの高さで、しかも二人のちょうど中間にあたるような位置に、不自然なまでの慎重さと細心さをもって、置く、というよりも「安置」するのだった。

「これでいいわね」

ほとんど独り言のように彼女は呟く。ようやくその表情から冷淡さが消え、女は初めて、わずかながらも親しみの感じられる微笑を見せると、彼のほうを向いて尋ねる。

「あなた、都会(まち)から来た人?」

「まあ、そうだな」

「上のホテルのお客でしょ?」

「ああ」

「あなたイギリス人に似てるわね。そう云われたことない?」

「いや、今のところないね」

少しばかりうんざりしたように答えると、今度は彼のほうが尋ねる。

「きみ、名前は？」

「そんなのどうでもいいわ。好きに呼んで」

「そう云われてもなあ。岬の裏の町に住んでるのかい？」

「ちがうよ」

「でも、ホテルの客じゃあないよね？」

「もちろんちがうわ」

「地元の子じゃないなら、ふらっと遊びにきたとか？」

「遊びじゃないよ」

「なんだ、仕事で来てるのか。そうは見えなかったな」

「仕事でもない。何て云ったらいいのかな。とにかく、しなくちゃいけないことがあるのよ」

女の顔から笑みが消え、生真面目そうな眼差しが逸らされる。

「しなくちゃいけないこと？」

頑なな女の表情を見れば、どうやらこれ以上訊いても答えは返ってきそうもない。

「うん」

そのまま話は途切れ、しばらくは沈黙のうちに時が流れる。その間にも海は勢いを増し、膨張を続ける。二人はじっと海を見凝めている。

どれほどそうしていたろうか？　いよいよ満潮が近づいたようだ。崖の下にはすでに砂地の渚は消えて、あきらかに勢いを増した波が、今や白い波頭をうねらせながら、崖の麓の岩肌を洗っている。今や二人のいる岩棚は、海原の上に差し出された海神（わだつみ）への供犠の祭壇のよう。

不意に、何かが二人の間できらめいた。ガラスだ。さきほど若い女が、ひどく慎重に岩の上に置いた、あのガラスの小片。その歪んだ三角形が、今、太陽の光を受けて燦然と輝いている。まるで太陽の分身が降臨し、このガラスに宿ったかのようだ。彼はあまりの感動に眼を瞠り、女のほうを見る。彼女がこの瞬間を待っていたことは疑いない。勝ち誇ったように美しい笑みを浮かべて彼を見凝め、やおら立ち上がると水着を脱ぎ捨てる。若い女の全てが露にされる。小振りだが形のいい乳房は、そこだけ肌がぬけるように皓（しろ）く、その頂には薔薇色の淡い乳頭輪と小柄な乳首が鮮やかだ。そして同じように日に焼けていない真白な下腹と、さらにその下の、どちらかというと淡いほうに思われる、黒々とした美しい茂み。溢れるばかりの眩しい光の中に、今や全裸で立つ彼女は、誇り高く四肢を拡げると、自ら太陽と海に身を捧げ、生贄となる悦びに酔い痴れたように叫ぶ。

「さあ、来て！」

全ての誘惑、全ての眩惑はその極限に到る。もはや何ものも妨げることはできない。足の痛みもものかは、彼は立ち上がり、すばやく服を脱ぎ捨てると、女を抱き締める。裸の胸に女の乳房が押しつけられる。互いに唇を貪り合い、そのまま彼は女を押し倒す。すでに彼も自分に与えられた役割を理解している。彼は海の匂と味のする女の肌を、そのしなやかな肉体の全てを、指先で、唇で、舌で、歯で、適う限りの全てで味わおうとする。唇を、頬を、耳を、首筋を、腕を、腋窩を、両の乳房はもちろん、その頂で昂奮にこわばり立っている乳首を、優美な脇腹や腰の線を、よく締まった平らかな腹の中心にある可愛らしい窪みを、そして下腹の茂みの奥に秘められた熱い泉と、その傍らに目覚めたきらめく真珠を。欲望に駆られるまま、彼は執拗な愛撫を続け、女を責めあげる。女は歓びの声をあげ、喘ぎ、呻き、身を震わせる。伸びやかな四肢がのたうち、長い黒髪は乱れて、熱い岩肌に拡がり、汗に濡れた素肌に絡みつく。彼はふと顔を上げ、ガラスのかけらに眼をやる。恣（ほしいまま）に時を費やしすぎたのではないか。いや、小片はまだ直視することが叶わぬほどの輝きを失ってはいない。太陽はまだ彼らの傍らにあって、二人の欲望を支配している。今だ！

ついに彼は女を貫く。あらん限りの力を込めて、深く深く貫きとおす。女は叫び声をあげ、きつく締めつけてくる。犠牲に襲いかかる一頭の牡獣となって、彼は情容赦なく蹂躙し、女の華奢な肉体を固い岩肌に押しつける。女は悲鳴を上げ、苦痛にもがくが、彼は力を緩めようとはしない。女の胎内の熱と、圧迫され、虐げられながらも、纏わりついてくる素肌の温もりが、なおも彼の欲望を促す。彼には判っている。もう少しだ。やがて女は、苦痛を凌ぐ快楽に酔い痴れ、狂ったように歓喜の声を洩らし始める。喘ぎはしだいに絶え間のない叫びに変わり、潮騒のうねりとともに彼の耳を覆う。男の力強い律動の下で、女の身体は悶えのたうちまわり、その腕は男の首をかき抱き、両肢はいつか彼の腰に絡みつき、胴を締めつける。

急激な痙攣とともに二人は昇りつめる。渇望されていた極限へと。男の樹液の迸りはくり返し女の胎内に叩きつけられ、存分に彼女の子宮を潤す。それを受けて女の身体は引き攣るように弓なりに反り返り、激しく慄く。全身で男の硬ばった肉体を抱き締めたまま、咽喉の奥から搾り出される叫喚は、あまりの快楽の極まりに、かすれてもはや声にならない。この至高の瞬間、彼は女の吐息の彼方に潮騒が遠のくのを感じる。しかし、それも束の間のこと。女の肉体は、恐らくはその魂もろとも一切の力を失い、弛緩する。ただ熱く濡れた内部だけが、なおしばらく彼の身体にぴったりと纏わりついて離さない。そればかりか、なおも樹液を求めるように、ゆっくりとした律動を伝えている。彼もまた深い脱力感に襲われ、今は静かに身体を重ねるのだった。

再び午後の静けさが二人を包んでいる。彼はようやく衰え始めた太陽に背中を焼かれながら、女の肩に顔を埋め、熱した岩肌に頬をあてる。波打つ女の胸、なおも断続的に下腹を走る軽い痙攣。耳元に感じる女の気怠い吐息、あるいは嘆息？　快い空白の後の、充ち足りた気怠さ。だが、それが虚しさと裏表であることは、彼にも解っている。このひと時を、打ち寄せる波の音だけが満たしている。すでに満潮はすぎたのだろう、海もこころなしか静かだ。

女の身体から離れると、彼はまずガラスのかけらに眼をやる。思ったとおりだ。小片はすでに光を失っている。彼は立ち上がり、服を着ると、もとの場所に戻って腰を降ろし、女のほうを眺める。女もゆっくりと身体を起こすと、腕を伸ばして水着を拾い集め、身に着ける。岩の上にじかに押しつけられていたために、彼女の身体は傷だらけになっている。それでも彼女は頭を軽くふり、さらに両手で長い髪をちょっと整えると、力強く立ち上がる。彼のほうに向けられた眼差しは、今では冷淡なものでしかない。身をかがめてサンダルを履き、すっかり乾いた水着の上からローブをはおると、ほとんど無表情に告げる。

「あたし、もう帰るわ」

彼は黙って頷くと、そのまま女を見送る。彼女はふり向くこともなく、足場づたいに崖を登ると、彼の視界から完全に姿を消す。岩肌に彼女が残した濡れた痕跡も、す

ぐに乾いてしまう。ふと不安を感じて、彼はひとりごちる。《あの娘は、孕むのだろうか？》

女の去った後に、彼は、すでに栄光に見捨てられ、輝きを失ったガラスの小片を見出す。最初のときと同様に、そっと腕を伸ばして、その歪んだ三角形を手に取ると、最も鋭い頂点と、そのなめらかな底辺を、それぞれ右手の人差し指と親指とで支え、あたかも儀式を行う古代の神官のような仕種で、今一度それを天空にかざす。角度と方向の調整は容易になされ、彼の手の中で、小片に再び太陽が宿る。しかし、もはや時は残されていない。

万物は須（すべから）くその源に回帰すべし、という突然の啓示に従って、彼は輝くガラスのかけらをそっと摑んだまま、ゆっくりと立ち上がる。足元に視線を落とすことなく、空と海の交わる遥かな一点を見凝めたまま、注意深く左足を前に出して足場を確保する。啓示（それがどこから来たものか、漠然とではあるが彼はすでに理解している）はなおも彼を捉え続け、彼は渾身の力を込めて、手の中のガラスの小片、偽りの宝璧を、太陽に向かって投げつける。

透明な小片、微妙に歪んだ三角形は、短い急速な上昇の後、ゆっくりと大きな、なめらかな弧（その眼に見えぬ軌跡はさながら虹の如く）を描いて下降を始める。全てを包む青色の空間。眼下に果てしなく拡がる、陽光にきらめき、寄せては返す波毎に乱反射を空間に投げかける海。その間を透明な小片は下降する。しかし彼はすぐにそれを見失ってしまう。下降を続ける小片は、それでもある瞬間、光線と風と重力の偶然の恩恵によって、太陽を取り戻す。全てに代わるべき一瞬の、光の分身としての最期のきらめき。彼の眼はそれを捉える。だが、次の瞬間にはそれも失われ、彼は再び小さな落下物を見失う。透明な小片は波のきらめきと乱反射の中に消えうせ、太陽と海に導かれた気怠い午後の夢は終わる。

足の傷をハンカチで縛り、痛みをこらえて靴を履くと、彼は崖を登り、帰っていく。あの快適なホテルへ、無意味に閉ざされた偽りの安息の地へと。そこではあの美しく優しいブロンドの女が、彼を待っていることだろう。今夜、夕食の後で、彼はあの女と寝るだろうか？　どちらにしても、彼の心はとうに決まっている。明日、彼はホテルを引き払い、都市に帰るだろう。

月と森の夜

ようこそ、甘美な夜よ！
夕暮れが一日の終りを飾り立てている。

Welcome, sweet night!
The evening crowns the day.

"Tis pity she's a whore" II - VI

I

不吉な予感に駆り立てられるようにして、ジョバンニ・Bは夜更けの街へと彷徨い出した。夏の夜気は馨（かぐわ）しく、生暖かく、ときおりかすかに吹き過ぎていく夜風が火照った肌に快い。とはいえ、この田舎町では灯火の数も限られていて、ほとんどの路地や裏通りは、街燈の明かりもとどかぬままに、夜の底に打ち捨てられ、まるで前世紀の都市の夜景のように、それらの路地に面した建物の窓の灯りが消され、鎧戸が閉められてしまうと、歩くのに自分の足元さえおぼつかないほどの暗闇に閉ざされてしまう。こんな夜に町を照らすものといえば、満天の夜空にまたたく星明かりと、常に変わらぬ一つの顔をこちらに向けながら、しかも夜毎にその表情を変えてゆく、移り気な月の光ばかり。

とうに人気の絶えた、細い迷路のような通りを歩き続けるうちに、不意に視界が開けたかと思うと、そこは円形に造られた石畳の広場で、中央にはニンフたちの祠をかたどった石像に飾られた泉水があり、周囲は所どころに街燈をはさんだ並木によって飾られている。木陰には鋳物のベンチも置かれていて、昼間には町の人々に心地好い憩いの場を提供している。この広場に面して、町の役場と、この町で最も古く、最も威厳のある建物である教会の聖堂が並んでおり、毎週土曜日にはここに市が立ち、日曜日には礼拝に訪れる人々でにぎわい、祭礼や町の記念日には催しものが行われる集会場ともなる。この広場は地理的に町の中心に位置しているだけではなく、この町の歴史と信仰と生活の中心でもある。その広場も、今は観客の去った後の野外劇場のように、黄橙色（だいだい）の街燈の明かりに照らされて、夜の闇と静寂の唯中に茫と浮かびあがっている。並木の枝々に密生する濃緑の葉群が、街燈の光を受けて、石畳の路面や周囲の建物の色褪せた漆喰の壁に不気味な影を落とし、風が梢をそよがせるたびに、葉音は夜の彼方から聞こえてくる失われたものたちの囁きのように町を覆い、その声に唆されたように影たちが蠢く。ジョバンニは広場を横ぎるようにして泉水のところまでいくと、水盤の中に片手を浸し、そこからすくい取った水で汗ばんだ顔をぬぐう。冷たい水が快い。意識を被いつくそうとする熱をひとときなりとでも冷まそうとするように、彼はことさら濡れた顔を夜風に晒すようにして空を見上げる。

おりしも今夜は満月。ほの白い円盤が中空の奥深くから、妖しいばかりに冴えた光を放っている。しかもその面は、秘められた欲情と後宮の美酒とに火照った深窓の美姫の柔肌のように、白磁のうちにもうっすらと薔薇色を滲ませ、いつになく艶麗な色合を見せて、夜空を支配している。彼はしばし見入らずにはいられない。《数々の神話と伝説に飾られ、多くの不吉な名を纏った夜の女王よ》彼は思わずひとりごちる。《何を昂ぶっている？　今宵のおまえはまるで死者の世界を映す鏡のようだ》彼の予感はいよいよ確かなものになっていく。今夜こそ、と彼は考える。きっとおまえに逢えるにちがいない。この月が俺たちの呪われた運命をもう一度照らし出してくれるだろう。行かなければ。だが、その若さにもかかわらず、贖いがたい喪失感がもたらした乱脈な生活のために、最近とみに衰えをみせている彼の体力は、一息に目的の場所へ向かうことを許さない。泉水に凭れかかるようにして、彼はその場にしゃがみこんでしまう。ひとまずは胸の動悸を鎮めなければならない。

わずかにあおむけられた彼の顔を、街燈の光が照らしている。痩せて肉の落ちた頬、薄くひきしまった唇元、まっすぐに通った鼻筋、黒い髪がたれかかる広い額、そしてややくぼんだ眼窩の奥からいつも遠くを見凝めているように見える深い鳶色の瞳。端整な美しさとともにやや脆弱な印象をも与えかねないその顔立ちも、今ではすっかり窶れてしまい、黄橙色の光のせいもあって、一層生気のないものに見える。その表情をかすかな冷笑が支配している。彼の眼差しは、ちょうど広場を隔てて向かい合う、石造りの壮麗な館に注がれている。全ての窓が閉ざされ、灯りひとつ見えないその館は、彼と同じように闇の中にうずくまり、ただその正面だけが広場の明かりに浮かび上がっている。見知らぬ者にとっては威圧的とさえ映るこの屋敷も、彼にとってはこのうえもなく親しい場所なのだった。というのも彼は、他でもないこの館で生まれ育ち、現に最近までここで暮らしていたのだから。そう、不幸が彼を打ちのめし、全てを放棄してしまう気にさせるまでは。もっとも、それまでにもすでに彼は多くのものを、彼が父から、さらにその祖先から受け継いだもののほとんどを失ってしまっていたのだが。

彼、ジョバンニ・Bは、かつてこの地方一帯を支配していた子爵家の末裔として、この館の中で生まれたのだった。子爵家といっても御多分にもれず、十六世紀の末に武力にものをいわせて領主の座に収まった、野盗まがいの傭兵隊の首領が僭称したのが始まりらしいのだが、それでも世紀を越え代を重ねるうちには、それなりの品位と格式を身につけたものらしい。十八世紀の終わり、都市では革命の機運が高まっていたころ、町の広場に、教会と向かい合うようにして館を建て、町外れの丘陵に築かれた城砦から移り住んだのだが、そのころにはすっかりこの地方の名門になっていたようだ。このロココ様式の邸館は教会のゴチック式のファサードとともに今もこの町の顔となっている。しかし、洗練を加え、優雅さを身につけるにつれて、祖先の荒々しくも逞しい血は薄れていった。前世紀末からはしだいに頽廃の色を深め、彼の父の代にはすでに没落の兆が顕れていた。

晩婚だった父は、齢のはなれた若く美しい妻を娶り、二人の子供、ジョバンニとアナベラに恵まれたが、妻の早逝によって幸福な家庭はたちまちのうちに失われてしまった。父の失意は深く、その後館に引きこもったままの生活を続けるうちに健康を害し、妻の死後一年あまりで世を去った。

幼くして両親を失ったために、彼と妹のアナベラは広い屋敷の中で二人だけで暮らすことになった。もちろん何人かの使用人と家庭教師はいたものの、彼らは二人の身のまわりの世話をするだけで、二人の成長に大きな影響をおよぼすことはなかった。父方の叔父が後見人として二人の面倒を見てくれていたが、彼はこの一族には珍しく中央で成功した実力者で、名目上一族の当主だった兄とは反対に、現実的な目的に向かって自分の才能と情熱を傾けることのできる野心家だった。彼の力が一族の最後の落日を支えているといってもよかったろう。この叔父は自分が子供に恵まれなかったせいもあって、幼い兄妹を愛し、大切に育てようとしてくれたが、なにしろ多忙で、首都の住まいのほうに逗まることが多かった。そのため、館の中は兄妹にとってほとんど二人だけの世界だった。兄と妹は二人で遊び、二人で冒険をし、小さな発見を重ねながら世界を学び、お互いを見凝めながら育っていった。二人して探検して廻った煤けた屋根裏部屋や、もう長いこと使われていない隠し部屋、一族の肖像画に飾られた大階段や、その上に続く回廊。実はそれらの絵画のうちで最も由緒あるもののいくつかは、すでに彼の父の生前に売り払われ、複製と置きかえられていたのだが、彼がそれに気づいたのはずっと後になってからのことだった。床に、化粧漆喰の壁に、重厚な樫材の扉の陰に、数々の記憶がはめ木細工のように組み込まれ、そこから彷徨い出した幻影たちが今もその内部を満たしているように思われるこの屋敷も、とうに彼の手を離れ、ただひっそりと夜の底で息を潜めている。

彼が屋敷の売却契約書に署名したのはつい先月のことだった。内部の構造や装飾には手をつけずに保存するという条件のもとに、館は州政府に譲渡されたのだ。数か月のうちには内部の調査も終わって、州立博物館の別館として一般に公開されることになる。壮麗な夢の抜け殻。どうせ彼はもう半年も前から屋敷を捨てて、裏路地に面した安下宿に移っていたのだし、それに、もはや避け難い経済的な破綻をわずかの間でも先延ばしにし、しかも主を失った館を荒廃から救うには、他に方法はなかった。今の彼にとっては、生前に親しかった者にさえ、何やらよそよそしい厳粛さを見せる、まだ真新しい死骸のようにしか感じられぬ一族の館から眼をそむけると、彼はゆっくりと立ち上がる。そして、この月の支配する夜と一体に溶け合おうとするかのように、もう一度生暖かい夜気を深く吸いこむと、再び歩き始める。

広場から放射線状に延びている何本かの路地のうちで一際道幅の広い通りへと彼は入っていく。この道だけは街燈が灯っていて、いくらか見通しがきく。もう少し早い時間であればこの先、ちょうど町のはずれに、鉄道の駅の明かりが見えるはずだ。今世紀の初めに鉄道がこの地方にまで延び、町に駅が造られることが決まったときに、駅から町の中心へ、つまり教会と役所と子爵館へと向かうための道として、もともとは他の路地と同様の狭隘な小路だったものを、かなり強引に拡張したのだった。その事業の出資者の一人だった彼の祖父の名を冠せられた通りを、彼は少しばかり不愉快な想いを抱きながら歩いていく。

皮肉なものだ、と彼は思う。この通りこそ彼の一族を離散と衰退の運命へと導いたのではなかったか？　この道をとおって現代の思想が、都市の情報や経済が、様々な流行の波がやって来て、この田舎町を頑なに包みこんでいた時の堆積をすっかり洗い流してしまった。剝き出しにされた中世以来の遺物はすっかりその権威も魔力も失って、ただの歴史的な資料にすぎなくなってしまった。一族の中でも現世的な野心と能力を持つ者たちは、この町を出ていったまま顧みなかった。残ってこの地を守らなければならなかった者たちは、しだいに有形無形の特権を喪失していった。《今となっては、どうでもいいことだ》彼はひとりごちる。一族の運命などもう俺には関係ない。一族のものなどもう何一つ残っていないのだ。この忌まわしい血を受け継ぐ者も、もうこの俺の他一人も残っていない。これから先何が起ころうと、それは俺自身の運命でしかない。

通りを抜けると、長円形の広場をはさんで正面に駅。もともと駅への送迎や運送用の馬車を回すために造られた石畳の広場は、今では町を訪れる人たちにとって都合のいい駐車場になっている。とはいってもたいした数の車が停まっているわけでもない広場を渡ると、ギリシア風の破風を戴いた汎神殿のミニチュアのような駅舎の前の低い石段を上る。矮小化された荘厳さ、と彼は考える。この町にあるものは全てそうだ。石造りの小ぢんまりしたえせ神殿は、コリント式の円柱に支えられた入口をすでに閉ざしているが、プラットホームに出るためには別にこの入口を通る必要はなく、とくに柵を設けてあるわけではない駅の構内には、その気になればどこからでも入れる。彼は駅舎のすぐ脇をまわってプラットホームに出る。日に四本の列車を迎えるだけの駅は、とうに今日一日の役割を終えて、静かな眠りに就いている。人の姿もなく、灯りもなく、単線の線路の周りには夏草が伸びほうだい。その陰からかすかに虫の声が聞こえる。ホームの隅に点されている常夜燈と月明かりを浴びて白銀色にきらめく二本の線路だけが、この駅がまだ廃駅ではないことを訴えている。この線路の果てには都市があり、世界があり、ここことは違う昼と夜とがある。だが独り彼にとっては、ここはもはや何処へ通じることもない、ただ何よりも忘れ難い出逢いと別離の場所なのだった。

最初の別離は兄妹の成長とともに訪れた。ジョバンニは首都の大学に進み、アナベラは北の地方の寄宿学校に入れられることになった。これは後見人である叔父の配慮によるものだった。彼は一族の当主となるべき兄には外の世界を見せることで、妹には規律ある生活を学ばせることで、この兄妹をその両親から受け継いだであろう頽廃的な気質から救い出そうとしたのだった。兄が先に旅立っていった。駅での別れ。動き出した列車の窓から声をかける兄に向かって、妹は眼に涙を溜めたまま懸命に微笑もうと努めていた。

首都での生活は華やかで活気に満ちたものだった。生活に不安のない学生の常として、仲間を作ってはあれこれと無意味な遊びに手を出した。半年もするうちに、彼は酒のもたらす安逸と女の肉体が与えてくれる快楽を知った。確かに彼は現代の都会の生活を知った。それを楽しむことさえ学んだ。しかし叔父の期待に反して、それらの体験はむしろ彼の退嬰的な性格を助長する結果になったようだ。大学での学業は結局彼にとって慰戯にすぎなかった。成績は優秀だった。大学に残って研究者への道を進むようにと勧めてくれる教授もいたほどだ。だが彼が興味を覚えたのは文学、歴史、美術などで、しかもそのいずれも何ら具体的な野心には結びつかなかった。ある意味では、この数年間で、彼は自分というものを理解したのだろう。自分に出来ることは、ただ美しいものを愛することだけなのだ。自らその美を創りだす才能も力も自分にはない。ただ残された美しいものたちを見凝め、愛撫することだけが自分に許された喜びなのだ。それ以外のことにはついに彼は情熱を見出せなかった。中世美術史についての優れた論文を一つものにして学位を得ると、自分の事業を手伝わせたいと考えていた叔父の反対を押しきり、大学に残ることも拒んで、彼は町に還ってきた。そしてこのとき、町は彼にとって致命的な出逢いを用意していたのだった。

駅では美しい笑みを浮かべた若い娘が彼を出迎えた。アナベラだった。やはり学業を終えた彼女は、一足先に町に戻ってきていて、兄の帰りを待っていたのだった。美しく成長した妹を眼の前にした瞬間、彼の中で長い間引き裂かれていた魂が、漸くその片割れを見出したのだった。決して埋められることはないだろうと思われていた心の中の空白が、一瞬にして満たされるのを彼は感じた。彼にとって、それは再会というよりも新たな出逢いだった。彼女こそ最も美しいもの、何にもまして見凝め、愛しみ、護るべきものだった。それは苦悩の始まりでもあった。あの館の中で密かに育まれた運命が、ここで、この再会の瞬間に、決定的な姿となって二人の前に顕現されたのだった。駅から屋敷へと帰る車の中で、無邪気にはしゃぐ妹を傍らにして、彼は未だかつて経験したことのない歓喜と不安と戸惑いに圧倒されている自分に、ただ驚き呆れるばかりだった。

懐かしい館での生活が始まった。彼らはもう一度、二人だけの世界を取り戻そうと試みた。表面上は以前と変わらぬ、のどかな田舎町の生活が続く。ときには町の行事に招待されて顔を出したり、町長の依頼で館に客を迎えることもあった。叔父もときどき様子を見にやってきたし、二人の学生時代の友達が訪ねてきたりもした。そうしたささやかな地方の社交生活を除けば、彼らはほとんどの時間を二人で過ごした。だが二人の世界はもはや幼年期の無垢な楽園ではなかった。彼は自分の想いに、欲望に、気づいていた。アナベラを見凝めることが彼の唯一の喜びであり、彼女を所有できないことが、思いのままに愛撫できないことが、彼の最大の苦しみだった。いつのまにか唯一つの想いが彼を支配していた。思いもよらぬ激しい恋だった。

波うつ栗色の長い髪、皓く広い額、深く澄んだ大きな眼、微妙な光線の加減でえもいわれぬ菫色にきらめく瞳、それらを縁取るやや張った頬骨から細い顎にかけての優美な曲線。真直ぐにとおった鼻筋と、その下の、肉厚な薔薇の花弁を二枚重ねたような、ふっくらと柔らかそうな唇。まるでいまにも唇づけに応えようと待ち焦がれているようなその唇が、全体に少しばかり整いすぎた、冷たさを感じさせかねない顔立ちを、ほどよく和らげている。そんな妹の顔立ちの中に、彼は幼い日に失った母親の面影を見出していた。そしてまた彼女は、館の回廊に飾られている肖像画に描かれた一族代々の女たちの中でも、特に彼が愛してやまなかった何人かの美しさを、全てその一身に集めて、しかも生身の女として、彼の眼の前に現れたかのように思われた。

のびやかなその肢体もまた彼を悩ませた。上背のあるほっそりとした体つき。かすかに小麦色に日焼けした瑞々しい肌。日頃は怠惰なくせに、獲物を見つけたとたんに敏捷さを発揮する牝猫のような、しなやかな身のこなし。朝寝坊をして、部屋着のままで朝食のテーブルにつくときなどに、ふと寛げた胸元からのぞく豊かな乳房や、夜中に彼の書斎に本を捜しにくるときに、ちょっとした体の動きのひょうしに夜着の裾が割れて露になるのびやかな脚の線や、その腿の皓さが、長く彼の意識に纏りついて離れないのだった。ときとして彼は、もしかするとアナベラはわざと彼を挑発して、からかって楽しんでいるのではないか、とさえ思うのだった。《だとしても》と彼は考えるのだった。《きっと彼女にとっては他愛のないゲームの一つにすぎないのだ。それがどれほど俺を悩ませているか気づきもしないのだろう》

恋とは欲望の過度の集中を意味する。それまで多くのものの上に分散されていた欲望が、ある日不意に、思ってもみなかったかたちで、一人の人間の上に集中される。様々な絵画や建築やデザインの上に見出されていた美への欲望、たくさんの異性の（あるいは同性の）上に見出されていた官能の充足への欲望、そしてそれら全てに対する所有の欲望が、一瞬にして唯一人の対象の上に集約されてしまうのだ。そうなってしまったが最後、聴きたいのはその人の声であり、見たいものはその人の姿であり、触れたいのはその人の肌ということになる。たとえば、きのうまであれほど多くの女たちに、ある女のしなやかな脚に、別の女の形のよい胸に、また街角で見かけた女の後ろ姿の腰つきや、通りがかりにふと眼のあった娘の濡れたような瞳に惹かれた欲望が、今ではもうたった一人の女によってしか満たされず、その女との比較によってしか眺められなくなる。もはやどれほど見事な美術品も音楽も、とり憑かれた心を慰めてはくれない。たった一つの肉体を自分のものにすること、たった一つの心を自分の存在で満たしてしまうこと、それだけが総ての望みとなってしまうのだ。

彼はこの危険な恋から抜け出そうと努めたが、無駄だった。それが解ると、今度は少しでも長くこの恋を自分一人の胸の裡に隠しておこうと決意した。そうするうちには、もしかしたら、時間が彼を癒してくれるかもしれない。しかしそれも長くは続きそうになかった。アナベラは相変わらず彼になついてくるし、気ままな挑発をくり返している。自分の欲望の激発を恐れて、彼が少しの間でも妹を避けるような振る舞いをしようものなら、たちまちその気配を感じ取って彼女は憂鬱そうに沈みこんでしまい、あげくのはてには自分のどこが気に入らないのか、何故そんなに自分を嫌うのか、と彼に詰め寄る始末だった。

そんな危うい時間の流れの中で、ほんのささいな言い争いが引き金となって、運命の扉が打ち破られた。感情が昂ぶり、一瞬彼がわれを忘れた隙に、長い間抑えつけられていた欲望が噴き出したのだろう。気がつくと彼はアナベラを床の上に組み敷いて、唇を重ねていた。驚いたことに、彼女は少しも抵抗しなかった。拒もうというそぶりさえ見せなかった。そのことがむしろ彼を怯えさせた。身を離そうとする彼を、首の後ろに回された女の腕が捉えて離さない。それでも無理に顔を起こして、相手の眼をのぞきこんでみれば、鳶色の瞳がじっとこちらを見凝めている。そこには何の驚きも、怒りも、疑問も見出せなかった。最後の理性をふりしぼって彼が眼をそむけようとしたとき、優しく誘いかけるように女の瞳が閉ざされる。うっすらと開かれたままの唇の間から、大粒の真珠のような歯がのぞいている。セイレーンに魅入られたように、彼は再び唇を近づけていく。二人の唇は重ね合わされ、彼もまた眼を閉じる。

もう何も見るまい。やがて彼の片手が女の体をまさぐり始める。唇づけは激しさをまし、舌が絡み合い、互いの苦し気な息遣いが耳を覆う。乳房を服の上から揉みしだかれた女が喘ぎ声をあげる。閉ざされた瞼の裏に拡がる虹色の色彩の乱舞の中に溺れこもうとしていた男は、漸くその声に眼を覚まさせられたように眼を開く。快楽に溺れていく愛しい女の貌。彼はこれほど激しい誘惑に駆られたことはなかった。だが、その誘惑の激しさが、その果てに待っているであろう歓びの深さが、彼を躊躇わせた。恐怖が再び彼を捉える。力まかせに身をふりほどくと彼は立ち上がり、何が起こったのかわからぬままにまだしどけなく横たわっている妹の腕をつかんで引き起こすと、今度こそびっくりしたように彼を見凝めている彼女の頬に平手打ちをくれて、部屋から追い出した。閉ざされた扉の向こうに駆け出していくアナベラの足音と泣き声を聞きながら、彼はただ茫然と立ちつくすばかりだった。

プラットホームに佇み、彼は深い嘆息とともに空を見上げる。月はさらに高く、冷ややかなその輝きをまして、生ぬるい夜の空気を深海のような濃紺に染めあげている。線路の向こう側に広がる森が一際深い陰となって、遠景の下半分を縁取っている。その奥からときおり聞こえてくるかすかな木樹のざわめきの他には、辺りには音もなく、空も森も大地も、一切が紺色の濃淡の連なりとなって静寂の中で溶け合い、背後の漆喰塗りの町並や灯りの消えた駅舎が織りなす無彩色の近景との対照によって、夜のパノラマを造り上げている。空の高みと地平線の彼方まで続く線路とともに無辺に広がっているように見えるこの青い闇の世界も、彼には追放と忘却の沈黙の中に閉ざされた煉獄の仮の姿のように感じられる。その中で彼は唯一つ待ち望むものの訪れを待っている。ホームの上をゆっくりと行ったり来たりしながら、線路の先を眺めたり、物問いた気な顔つきで夜空を仰ぎ見たり。だが何も起こる気配はない。何の啓示も訪れはしない。やがて諦めたように彼は呟く。

「ここではなかったのか」あるいは、と彼は考える。今夜ではないということか？今宵これほどまでに彼を唆した月の姿は、やはり気まぐれな戯れにすぎなかったのか？　いや、そんなはずはない。あの、ほんのりと火照りを滲ませたような艶麗な色具合は、かつて彼の理性を粉々に打ち砕いた女の、官能の歓びに染められた豊かな胸元の肌の色そのままではなかったか。今夜こそ約束は果たされるのだ。

一条の月光とともに彼の中に宿った予感は、今も彼の胸をかきむしり続けている。その痛みこそが彼の想いを確かなものにしている。だとすれば、行くべき場所は一つしかない。彼はホームの端まで行くと、線路の上に降りて歩き始める。青い闇の奥へと。

Ⅱ

線路を越え、ひからびた台地を下り、丈の低い藪と様々な形の岩が無造作に散らばっている狭い谷を抜け、人工的に切り開かれた切通しのような地形の隘路に入ると、そこからは急な上り坂になっていて、すでに切通しの崖の上を被っていた喬木の合間へ紛れこむようにして、道はそのまま森の中へと続いていく。ここまでの道のりを、月明かりだけをたよりに辿るだけでも、大層な困難であろうと思われるものを、鬱蒼たる森の中、夜の闇はさらに深く、頭上高く茂った梢の合間から漏れ落ちる月の光だけではあまりにも心細く、足元さえ確かめようもない。それでも迷うことなく足早に先へさきへと進んでいけるのは、この道が彼にとってすでに通い慣れたものだからだろう。

道はゆるやかな上りに変わり、森の中をうねるように蛇行しながら、奥へと続いている。暗闇の中のこととて定かではないが、しだいに丘陵の頂へと近づいていくようだ。思いのほか道幅が広く、しかも一定に保たれていることから、今ではすっかり荒れ果てて、猟師たちの通い道のようにしか見えないが、もともとはかなり人手をかけて整備された道路であったことが偲ばれる。実際のところ、もしこれが日中であれば、雑多な堆積物の下から、往時の石畳や縁石の名残らしきものが所々に覗いているのさえ見られたことだろう。

幼い頃からすでに何度となく、彼はこの道を通ってきた。もっともこんな夜更けに、灯りも持たずに歩くのは、これが初めてなのだが。それに、これまではほとんどいつも、傍にアナベラがいた。

遠く過ぎ去りし日に、初めてこの森に踏みこんだ二人がこの道の果てに見出したものは、堅固な石造りの城壁と、その中央に聳え立つ城門だった。それらは子供の眼には、決して越えることの叶わぬ高さと、いかなる侵入も拒絶するだけの威厳を備えた、世界の果てのように映ったことだろう。固く閉ざされた巨大な扉を前にして、すでにその表を飾る金具は錆びて光を失い、足元はすっかり下草に覆われ、半ば朽ち果てながらも、なお不動の沈黙の力強さを失っていないその姿に、幼い兄妹は心を打たれた。この扉を開くことは決して叶わないだろう。扉の向こう側を見ることはできないのだ。向こう側にはきっと秘密の世界があるに違いない。彼らは扉を叩き、壁に耳を押しあてて、向こう側の世界の気配を探ろうと試みたが、何ら得るところはなかった。その日から、壁の向こう側は二人の憧れとなった。家の者たちは、幼い兄妹が二人だけで森の中へ入ることを好まなかったが、すでに館の中を探検しつくしてしまっていた二人は、大人たちの眼を盗んでは、新たな冒険を求めて森の中へと出かけ、今ではすっかり見捨てられた彼らの祖先の城の前で、様々な空想を巡らせては楽しむのだった。

そんなある日、ジョバンニは城門からわきへ少し離れたところに、藪と、城壁を這い登る蔦に隠されたようになっている、小さな潜り戸があるのを見つけた。戸は大きな南京錠で閉ざされてはいたが、すっかり赤茶色に錆びてしまっている錠前は、何とか破れそうにも思われた。彼は近くにあった石を拾い上げると、錠前に向かって力まかせに打ちつけてみたが、子供の力ではそう容易く壊せるわけもなく、やがて物音を聞きつけて寄ってきたアナベラも、血相を変えた兄の様子に驚きながらも、一緒になって石を拾って加勢したが、結局錠を破ることはできなかった。諦めて、彼らは鍵を探すことにした。きっと館のどこかにあるはずだ。

鍵の探索は館のすみずみにまでおよんだ。幾日も探し続けたが、ついに見つからない。納戸の奥の壁に懸けられている古い鍵束も、一つひとつこっそりと持ち出しては、期待に胸をふくらませて森へ向かうのだが、その期待は虚しく裏切られるばかりだった。

すっかり諦めかけた頃になって、思いもかけぬ形で彼らの願いは叶えられることになった。定期的に行う一族の資産確認のために、彼ら兄妹の後見人である叔父が、丘の上の城砦を見にいくことになった。叔父は兄妹の願いを入れて、一緒に連れていくことを承知してくれたのだった。彼にしてみれば、本来正当な相続人である兄妹に、祖先からの遺産を見せておくことも、将来のためによかろうと考えてのことだった。初夏の晴れた日に、二人は叔父に連れられて、木洩れ陽のきらめく森の道を、城砦めざして上っていった。

やや肥満体の叔父には、うねうねと続く登り道は少しばかりきつかったようで、城門の前に辿りついたときには、すっかり汗ばみ、息も乱れていた。さらに藪をかきわけて潜り戸の前までくると、ハンカチで額の汗を拭いながら、ズボンのポケットから取り出した鍵を南京錠に差しこんだ。錆びついた錠前は叔父の力をもってしても容易に回らない。子供たちが見守るなか、悪戦苦闘の末、ついに錠が開けられると、これもすっかり錆びついていた掛金が力ずくではずされ、耳障りなきしみとともに木戸が押し開けられた。

まず叔父が、大きな身体を屈めるようにして中に入り、子供たちも後に続いた。扉の内側は城壁にそって造られた回廊で、城門の脇から、石畳の武者溜（だまり）を囲むようにして、城主の居館へと続いていた。回廊を支える列柱の向こうに武者溜、右手に城門、左手には居館の正面車寄せ、武者溜をはさんで反対側には厩とおぼしき長屋が、やはり城壁の内側にそって続いている。一行は武者溜を横切るようにして、城館の玄関へと向かった。車寄せの石段を上り、別の鍵を使って扉を開けると、叔父は子供たちを招き入れた。

　長く閉ざされていた館の中はひっそりと静まりかえっていて、暗く、眼が慣れるまでは辺りの様子もよく見えない。ずっと陽盛りの中を歩いてきただけに、日陰の涼しさは彼らにとっては有難かったが、ひどく陰気な埃と黴の匂はたまらなかった、やがて眼が慣れてくると、内部の荒廃ぶりは幼い兄妹の想像をはるかに超えるものであることがわかった、絵本で見た中世の騎士物語の世界を思わせるものなど、何一つ見あたらない。瀕死の老人の呻き声のようなきしみを上げる階段を二階へと上がると、次々と扉を押し開けて進んでいったが、どの部屋も状態はたいして変わらなかった。大広間へ出ると、叔父が窓の一つへ近づき、かなり苦労しながら鎧戸を開いた。闇の中でまどろんでいた時間を刺し貫くように、真昼の光が差しこみ、部屋の中いっぱいに溢れ、闇を追い立てる。闇の澱を奪われた空間が、瞬時に時の急流に襲われたように、大広間は白日の光の下で、酷いほどの老醜を晒していた。

　一族が麓の町に新しい館を建てて引き移ったときに、めぼしい家具や調度は持ち出されてしまったのだろう。すっかりがらんどうになった広間に、わずかに残されていたものも、時の浸食によって今や見る影もなく朽ち果てていた。かつては豪奢な色彩の輝きを見せていたであろう装飾の数々も、同じように見捨てられたまま、時間が浸食するにまかされた結果、今ではほとんどの色彩は失われ、壁画はひび割れ、剝落し、壁布は朽ちて襤褸同然に垂れ下がり、腰板は所どころ腐って穴が開いていた。天井の絵画も同じような有様で、すっかり黒ずんで、所どころ崩れ落ち、もともとそこに何が描かれていたのか、今となっては判別しようもなかった。全てが黴と埃に被われて、死に絶えているようだった。

ジョバンニは期待とはあまりにもかけ離れた館の中の様子に、呆然とするばかりだった。アナベラは埃臭い空気をいやというほど吸いこんだせいで、今にも吐きそうな顔をしていた。とにかく外の空気を吸いたくなって、窓の外へ顔をつき出した二人の前に、もう一つの世界が出現した。城門とは反対側に面したその窓の下には、広大な庭園が広がっていたのだった。

兄妹の後ろから窓の外を眺めやった叔父が、低い声で呟いた。

「ひどいもんだな」

まさに豪華な夢の残骸だった。階下の庭園に面したテラスは大理石のタイルで飾られ、その先の一段低くなった正面には大きな噴水があり、その周りを両側から回りこむようにして階段を降りていくと、ほとんど庭と高さの変わらない下段のテラスがある。そこまでがどうやら大理石敷きで、その先に芝生と細かい砂利を敷いて、幾何学模様に剪定された植込みや花壇を配した、規模は小さいながら瀟洒なバロック式の庭園が造られていた。さらにその向こうには運河まで掘られていて、恐らくは遠近法を利用して実際の長さよりかなり長く見せてはいるのだろうが、それでも小舟を浮かべれば、ちょっとした舟遊びぐらいはできそうに見えた。それら全体を両側から囲むようにして糸杉の並木が続き、その木陰の小道を辿っていけば、運河の向こう、庭園のはずれまで歩みを進めることができるようになっていた。しかし、そうした優雅な庭園の有様を想像することは、今や至難の業といえた。噴水は涸れ果てて、大理石のテラスは艶も輝きもなく雑草に覆われ、庭全体が伸び放題の草木の中に埋もれてしまって、植込みの形はすっかり崩れ、花壇のあった位置さえおぼつかない。所どころに飾られていた彫像や列柱もみな倒されるか、途中から崩れるかして、原型を留めているものはどうやら一つとして無さそうだった。まるである夜不意に襲った嵐が一切を根こそぎ破壊し、その後に森の魔法によって、草木の厚いベールが被せられてしまったかのようだ。しかし実際には、緑のベールは、この城砦が主を失った日から、長い年月をかけて少しずつ織りすすめられていったのであり、このベールこそが庭園の破壊者でもあったのだ。しかし緑のベールは少年の眼には必ずしも兇々(まがまが)しいものとは映らなかった。というのも、その野性の緑は、夏の陽差しを浴びて眩しいばかりに輝き、あちらこちらに野草の花を咲かせて、柔らかな光と色彩の綾を見せていた。彼はそこに、野性の生命の力強さと美しさを見出したのだった。

階下へ降り、庭園に向いたテラスの掃き出し窓をこじ開けて表へ出ると、間近に見る庭の有様はさらにひどいものだった。上から見下ろしていたときにはかろうじて見分けることのできた往時の面影も、ここからでは全くわからない。ただの荒れ果てた野原にしか見えなかった。それでも外の空気は城館の中のそれよりはるかに快適で、草いきれさえ心地よかった。さらに下に降りて、絲杉の下の歩道を歩いていくと、木陰の涼しさもあって、兄も妹もそれなりに廃園の散策を楽しむ気分になっていた。ただ叔父だけは、ときおり額の汗を拭いながら、終始沈鬱な表情のままだった。

運河のほとりまで来ると、腐った水のいやな匂がした。覗きこむと、水はほとんど涸れていて、天水が溜ったまま河床に澱んでいるらしく、緑色の藻と苔が表面を覆って悪臭を放ち、これから真夏にかけて蚊の大群の温床になりそうだった。思ったとおりさほど奥行のない運河の脇を歩いていくと、二階の窓からは気がつかなかったが、ちょうど運河の先端、絲杉の並木のはずれあたりから右側へ、森の中に入っていく小道があった。やや下りになった道を五十メートルもいくと、再び開けた場所に出たが、そこにはさらに別の世界が広がっていた。

ここでも容赦なく生い茂る草木に埋もれるようにして、廃墟と化した古代ローマ風の神殿や劇場が、そこかしこに点在している。しかしよく見ると、それらはいずれも実際の規模よりもかなり小さく造られており、しかもそれらの崩壊や破損のなかにはかなり意図的なものも見受けられる。どうやらこの庭園はもとから廃墟として造営されたもの、当時流行していた人工の廃墟だったのだ。それでもこの光景は、少年にはすこぶる感動的なものだった。父の書斎で見たピラネージの図版の実物が、眼の前に横たわっているのだ。もちろん、それらはピラネージが描いたローマの風景のはるかに矮小化され、簡略化されたミニチュアにすぎないのだが、彼がそうしたことを理解するのは、ずっと後になってからのことだった。

彼は夢中になって雑草を踏み分け、それらの廃墟を眺めてまわった。その内部で、聖別された無垢なる巫女たちに守られて、聖なる神の火が絶えることなく燃やされていたという円筒形のヴェスタの神殿、方形の台座の上に円柱を連ねたバシリカ様式の神殿、円形劇場、彫像柱の整列とアーチに囲まれ、かつては満々と水を湛えていたであろう大水槽。もっと小さな水槽や噴水の跡も見える。もとよりそれらは廃墟として造られたわけだから、初めから屋根の一部が崩れていたり、外壁の一部が失われていたり、円柱の一部が倒されていたりしたのに違いない。また装飾や外壁に嵌めこまれた浮き彫りや彫像も、故意に破壊され、それらの意匠も初めから摩耗し、あるいは削り取られたように造られていたのだろう。それが、長い年月のうちに、さらなる消耗と破壊を加えられたことによって、この人工の廃墟はすっかり周囲の自然と一体になじんでしまった。奇妙なことに、初めから廃墟として造営されていたために、ここだけが、この広大な廃園の中で悲惨な老醜を免れ、かえって自然との調和をさえ感じさせるたたずまいを見せているのだった。

やがて、これまでただ兄の後をついて回っているばかりだったアナベラが自分のお気に入りの場所を見つけ出した。彼女は兄の手を引いて、廃墟の最も奥まったあたりにある円形の神殿へと導いた。周囲を列柱に支えられた回廊で囲んだ中に、大水槽から引きこんだ水で濠をめぐらし、その中央に桜色の大理石で築かれた円形の基台の上に、白大理石で円柱を建て、その上に丸天井を載せたウェヌスの神殿。もとからの意匠によるものなのか、あるいはその後の歳月の中での破壊によるものなのか、丸天井の一部は崩れて失われており、内部には祭壇と、その奥にウェヌスの彫像が祭られていたらしいのだが、それも台座だけを残して彫像は失われていた。濠の水も涸れてしまっていたが、在りし日には、この小さな神殿は、水の中の浮き島にしつらえられた亭か、または周囲の回廊を観客席に見立てれば、水上の劇場のようにも見えただろう。

最後にもう一つ驚きが彼らを待っていた。叔父は二人を庭園のはずれから森の木立ちの中へと連れていった。すぐに木立ちの間に隠された石段が現れた。石段は森の急斜面にそって造られており、足元に気をつけながら降りていくと、何と、高さがゆうに三メートルはあろうかという回廊に出るのだった。急斜面を抉るようにして造られたこの回廊は、幅が二メートル余り、内側は石と漆喰で固められ、外側は整然と等間隔で並ぶ円柱とアーチによって支えられている。その下は急な崖になっていて、狭い谷をはさんで再び急斜面を上った向かいの尾根のあたりに、城砦の外郭をなす城壁の跡が残っている。森と城壁によって外部からは隠されているこの地下柱廊のために、地上の人工の廃園は、いわば空中庭園のような構造になっているのだった。

　実際この地下の回廊は、何ヶ所か岩盤に穿たれた短い隧道を経て、ちょうどローマ風の廃墟の周りを地下から一周するように続いており、さらに途中から内部に向かって何本かの横坑（よこあな）さえ掘られていた。兄妹は叔父の後について、木立ちと、蔦の絡みつくローマ風の円柱の合間から差しこむ柔らかな陽差しと、冷ややかな空気が漂う回廊を歩いていった。

　やがて叔父は二人を横坑の一本へと招き入れた。内部は暗く、湿った苔の匂と高く響く靴音が子供たちを怯えさせた。少し進むと、彼らは地下の広間に出た。どこかに地上からの明かり採りが設けられているのだろう、微かながら明かりが差していた。眼が慣れてくるにつれて、僅かな光の中に浮かび上がった光景は、彼らを驚かせた。部屋の中央には、大理石と思われる、表面をきれいに磨いた巨大な石をくりぬいて作られた水槽があり、その後に築かれた、祭壇のようにも見える台座の上には、これもかなり大きな狼の彫像が据えられている。狼の口は水槽の上に向かって大きく牙を剥いて開かれ、どうやらかつてはこの口から水が迸り出ていたにちがいない。水槽の底の方には、そこから水を引きこんでいたと思われる取水口のような穴が、いくつか穿たれているように見えた。してみると、ここは地下の泉、それも水源となっている泉だったのだ。ジョバンニの想像に応えるように、叔父が説明してくれた。そう、上の大水槽も噴水も、みんなこの水を利用していたのだ。

そう思って覗きこんでみると、水槽の底の方には、まだ僅かながら水気が残っているようにも見える。また、狼の口の端にも、よく見ると、上から差しこむ微かな光をうけて、心なしかきらめいている部分があるように思われる。と、じっと眺めているうちに、きらめきはしだいに光を蓄え、ついに一雫の水滴となって、まるで血に飢えた狼が洩らす涎のように、きらきらと輝きながら水槽の底へと滴り落ちたのだった。

「ごらん」狼の像を指し示しながら、叔父は子供たちに向かって語りかけた。「泉はまだ涸れつきてしまったわけではないんだよ」

この言葉は長くジョバンニの心に残ることになった。

この視察の後、叔父は城砦のおもだった錠前を全て新しいものに変えさせた。ジョバンニはすぐに、新しい鍵が執事頭の事務室の戸棚の中に保管されていることをつきとめた。その後は、時どきこっそりと鍵を持ち出しては、アナベラと二人だけで城砦へ遊びに行くようになった。やがて二人が成長するにつれて、家の者たちも二人が森へ入ることを咎めだてしなくなった。かなり大きくなってからも、彼らは年に何回かはこの廃墟を訪れた。ことに初夏から秋ぐちにかけて、日も長く陽差しも緑も豊かな時期に訪ねることが多かった。ときには家人（けにん）を従えて、昼食を運びこみ、ピクニックをすることもあった。いつものようにジョバンニは飽きもせずローマ風の廃墟を歩き回り、アナベラはそのはずれのウェヌスの神殿で、祭壇に凭れて本を読むのだった。彼の美術史への興味は、住みなれた館の中を飾る美術品や絵画によってではなく、むしろこの廃墟の中で培われたのかもしれない。いつしか彼らはこの森の中の廃墟を「夏の宮殿」と呼ぶようになっていた。そこで二人は身に一杯の陽差しを浴び、木陰に憩い、それぞれの夢想を育んでいったのだった。

大学を終えて彼が町へ帰ってきてからも、「夏の宮殿」へのピクニックの習慣は変わらなかった。今や城砦の鍵は彼の手の中にあった。名実ともに旧領主館の主となった彼は、他の残された資産とともに「夏の宮殿」を自ら管理することになった。いつでも好きなときに出かけていって、好きなだけそこに留まることができるのだ。もちろん、傍らにはいつもアナベラがいた。彼女にとってもお気に入りの遊び場所だったこの廃墟に、ついて来ないわけがなかった。ここでも彼は以前と同じ二人の時間を取り戻そうと努めた。明るい陽差しと緑をわたる風の中の平和な夢想のひととき。しかし、かつてはごく自然にそうしたひとときの一部であったはずのアナベラの存在が、もはやそれを許さなかった。森の中の道を登ってくるときからすでに、すぐ傍らを歩く妹の身体から薫り立つ香料の匂が、針葉樹の発散する揮発性の爽やかな香気と混じり合って、彼の官能を刺激するのだった。

「夏の宮殿」では、他に人目のない気安さから、アナベラは館の中以上に大胆な振舞いを見せた。読書に疲れた彼が、ふと顔を上げてあたりを見回すと、すぐ側の叢でしどけない姿を見せて昼寝をしていたり、起きていればいたで、何くれとなく側にやってきては、さりげなく身をすり寄せてくる。草いきれと、若い女の肌の匂と、香水の香りがない混ぜになって彼の嗅覚を満たし、柔らかな肉体の感触が彼の身体の上を滑りぬける。そうかと思うと、しなやかな身のこなしで廃墟から廃墟へとそぞろ歩く彼女の白い夏服が、大理石の円柱や崩れかけたアーチの間を、現れたり、隠れたりするのを眺めているうちに、古代の神殿に仕えていた巫女たちの幻影が、白昼夢の中で彼に誘いかけているような錯覚に捉われたりするのだった。彼の夢想はすでに以前とは異なった色彩に支配されていた。より甘美で危険な色彩に。

誘惑は圧倒的だった。あの夜の書斎での出来事の後も、状況は何も変わらなかった。恋が死んだわけではない。それどころか、妹の中にも彼と同じ欲望が存在することがはっきりした今、この危険な恋は宿命とさえ思われた。彼に力づくで拒まれた後、さすがに数日の間は気まずいものがあって、アナベラも彼に寄りつこうとしなかったが、それもいっときのことで、一週間もすると、まるで何もなかったかのようにまた無邪気に纏わりついてくるようになった。彼女の無邪気さの中に、今では彼も、自分の欲望に忠実な強い意志を感じとっていた。一方彼自身はといえば、強いて妹を遠ざけるだけの意志の強さは持ちあわせていなかった。

追いつめられた彼は、長年温めてきた計画を実行に移す決意を固めた。

城砦の修復。「夏の宮殿」を在りし日の姿に還すのだ。もちろん、それには莫大な資金を要するだろう。そのことが彼を躊躇わせてきた。だが彼は何かを始めなければならなかった。アナベラに対する想いを忘れて熱中できる何かが必要だった。他に来るべき破滅を、たとえひとときなりとも、遠ざける術が見つからなかった。

資金調達のために、館の中に残っていた多くの骨董品や家具、美術品や絵画が売りに出された。不動産も処分された。後に残されたのは、町の旧子爵館と森の中の城砦だけ。それでも足りない分については叔父に資金援助を仰いだ。次々と財産を処分していく兄に、アナベラもさすがに不安を訴えたが、彼は頑として譲らなかった。叔父もこんな埒外の浪費に夢中になっていく甥に反対した。しかしジョバンニの度重なる懇請に負けたのか、あるいはすでに老境に達しつつあった彼も、自分の一族の家名と、いにしえの栄華への郷愁に捉われたのか、最後には可能な限りの援助を約束してくれた。

ジョバンニは準備に充分な時間をかけた。可能な限りの記録と史料を調べ、何度も図面に修正を加え、かつてあの城砦が一族の居城であった当時の姿を、忠実に再現しようと努めた。一日の大半を書斎にこもって仕事をするか、建築士や造園技師との打ち合わせに費やすようになった彼は、その間妹を寄せつけなかった。

実際に作業が始まると、彼は毎日のように現場へ出かけていった。作業を監督し、気になるところは細部にいたるまで直に指示する。初めのうちはアナベラもついて来たが、自分が全く相手にされないのに嫌気がさしたのか、そのうちにはついて来なくなった。彼の復元事業にたいする異様なまでの情熱の裏に秘められた意図は、予想以上に功を奏しつつあった。しかもこの途方もない浪費は、一方では町に思いもかけなかった経済効果をもたらし、皮肉なことに町ではジョバンニの評判は上々だった。

無惨な老醜を晒していた廃園が、しだいに彼の意図したとおりに様相を一新させていくのを眺めているうちに、彼自身もいつの間にか、もう一つの目的を忘れるほどに、計画の完成に向かってのめりこんでいった。思えばこの計画は、彼が生涯に唯一度、本気で打ちこむことのできた事業だった。雑草は全て刈り取られ、芝生や植込みは新たに植え替えられ、絲杉の並木は剪り揃えられ、彫像や列柱は一つひとつ丁寧に復元されていった。石造りの建物は洗われ、大理石のタイルは張り替えられた。ローマ風の廃墟も同様に、余計な草木は取り除かれ、神殿や遺跡のレプリカは本来の意匠にそって修復されていった。

何より彼が心血を注いだのが、地下の水源の回復だった。「まだ涸れつきたわけではない」狼の口から湧き出る泉を甦らせなければならない。いわばこの泉こそは「夏の宮殿」の心臓なのだ。ここから上の庭園の各所へ新しい血液のように清水が送られていく。だが、調査の結果は彼の期待を裏切るものだった。現在の水脈からは充分な水量を得ることはとうてい望めない。そこで、さらに深い水脈まで掘りすすめることで水量を確保することにした。旧構をそのまま使用する形での水源工事は、必要以上の時間と費用を要したが、泉が復活し、狼の口から勢いよく地下水が噴き出した瞬間は感動的だった。このときばかりは立ち会っていたアナベラも、すっかり興奮した様子で眼を輝かせていた。

水はたちまち大理石の水槽に溢れ、すでに補修工事を終えていた水道管を通って地上の庭園へと送られていった。間もなく噴水が甦り、人工の滝が復活し、彫像列柱に囲まれた大水槽に新しい水が漲る。ウェヌスの神殿を巡る濠にも、水は流れこんでいった。ほとんど修繕を終え、水の上に浮かんだ小劇場のような優雅な姿を取り戻した神殿を眼のあたりにして、アナベラは涙を流さんばかりに感動していた。

最後にすっかり清掃された運河に水が張られ、庭園の修復作業は完了した。庭園に溢れた水は排水口から地下の水道へ流れ落ち、地下の取水場で新たな清水を加えられて、再び地上へと送られる。ついに「夏の宮殿」は生命を回復したのだった。

修復工事完成の披露が、叔父の要望もあって、盛大に行われることになった。日頃これといって派手な催しのないこの地方では、何十年かぶりの行事となった。町役場の文化事業担当者も大いに乗り気なら、叔父は事業仲間や取引先を招いての宣伝効果を期待していた。ジョバンニとしても、費用の多くを援助してもらったこともあって、叔父の意向を無下に拒むわけにはいかなかった。そのかわり、披露パーティーの費用は全て叔父が負担してくれることになった。

当日は昼前から州知事、町長、地方の名士、その他諸々の人々が、入れかわり立ちかわり城砦を訪れ、在りし日の姿を取り戻した庭園を見物していった。六月のよく晴れた一日、庭園の緑は鮮やかにきらめき、遅咲きの薔薇や水仙が花壇を彩り、柔らかな風に乗って馥郁たる香を漂わせていた。客人たちは絲杉の並木道を辿り、運河のほとりを歩き、オリーブの植込みや、桃金嬢（てんにんか）の垣に導かれるままにローマ風の廃墟を巡り、思いのままに散策を楽しんだ。

すでに前の日に最後の点検を兼ねて、完成した庭を心ゆくまで歩きつくしていたジョバンニは、午餐の席に顔を出しただけで、あとは群衆を嫌って町へ戻ってしまった。後の手配や来客の世話は執事たちと叔父の配下の者たちに任せられ、叔父とアナベラが主人の代わりに接待役を務めた。

ジョバンニが城砦に戻ってきたのは、漸く晩餐の始まる直前のことだった。彼はちょうど定められた時間に、庭園に面したテラスにしつらえられた宴席に姿を現し、主人の席に腰を降ろした。威儀を正し、正装に身を包んだ彼の姿は、未だ暮れ残る夕方の陽差しの中で、得もいわれぬ優雅さに溢れていた。どことなく物悲し気で神経質そうなその面立ちや物腰の中にも、独特の品位と威厳が感じられ、その場に列席した人々は、彼の登場によって、すでに遠い時の彼方へ去ってしまった日々、彼らの父祖の時代の空気が、この復元された空間に現前するような印象を受けたのだった。彼はその場に居あわせた多くの女性を魅了した。そして、白絹のイブニングドレスを纏い、女主人の席についたアナベラは、その美しさで全ての男たちの眼を釘づけにしていた。

豪華な料理と、何ケースものワインと、照明に彩られた噴水と、運河に浮かべられた小舟の上で奏でられる音楽と、さらにその向こうで打ち上げられる花火を楽しみながら、いつ果てるともなく続いた宴も、夜中近くになって漸く終わり、客たちは順に城の主である兄妹に挨拶をすますと、去っていった。ある者は町へ戻り、ある者は町に置いてきた車で今夜のうちに首都へと帰るのだろう。いずれにせよ、丘の麓までは灯りを持った者が案内に立って、人々を導いてやらなければならない。ジョバンニは宴席の後始末は明日にさせて、家の者たちに松明を持たせ、客人たちの案内役をしながら町へ帰るよう指示した。しばらくは森の中の道を下っていく客たちと松明を持った使用人たちの行列が、城館の窓から眺められた。最後に叔父が帰っていった。彼は今夜は町の館に泊まる予定だった。後には兄妹二人だけが残された。

重い城門を閉ざし、閂を落とすと、ジョバンニは城館の外周りの戸締まりを確かめながら庭の方へまわり、テラスの上からもう一度庭園の景観を眺めやると、外の照明を落とした。夜の森のただ中に明るく浮かび上がっていたバロック式の庭園が、一瞬のうちに闇の中に沈む。華麗な庭園の復活も、派手やかな今宵の宴も、全ては一場の夢、幻影にすぎなかったかのように。後に残る広漠たる暗闇に背を向け、彼はテラスの掃き出し窓から館の中へ入った。

すっかり洗われ、往時の明るい色合いの地肌を取り戻した外観に反して、城館の内部はほとんどがらんどうのままだった。特に傷みの激しかった部分には一応の修繕を施し、清掃もされて、見苦しくない状態にこそなってはいるものの、調度も家具もなく、空虚そのものだった。実のところ、今回の修復工事では、庭園と建物の外部だけで手一杯で、城館の内部はほとんど手つかずのままだった。どうやってもそれだけの費用が捻出できなかったのだ。これが一族の財力の限界だった。

ただ、彼やアナベラが「夏の宮殿」に泊まる場合を考えて、一階の一隅に小さな寝室が二つと簡素な厨房が用意された。城館の中で実際に使えるのはその部分だけだった。今夜、彼はその寝室の一つに泊まるつもりで、叔父の一党や使用人たちを先に帰したのだった。最後の一団が城門を出ていくとき、すでにアナベラの姿は見えなかった。かといって先に帰った様子もないので、たぶん早くにもう一つの寝室へ入って、すでに休んでいるのだろう。そう考えて、彼は予め自分用に割り当てておいた方の部屋に入った。上着を脱ぎ、タイをはずし、椅子に腰を降ろして、煙草に火をつける。質素な寝台と、机と椅子と、クローゼットが一つ。ほとんど町の安宿と変わらない部屋だが、今の彼にはかえって有難かった。長年の夢を実現させた満足感と、ずっと心の中をしめてきた課題が完了してしまったために生じた、思いもかけぬ虚脱感がない混ぜになって、すっかり飽和状態になっている感情を、うまく自分の中で沈殿させるには、この部屋のような簡素な空間が好ましかったし、何よりも、人々の去った後の城砦の深い静寂が必要だった。

　ゆっくりと煙草を喫い、楽な格好に着替えてからもう一度庭を歩いてみようか、などと考えているうちに、隣室の沈黙が気になり始めた。どうも人のいる気配がない。静かすぎる。せっかく眠っているところを起こすことになっては可哀そうだと思いながらも、彼は自室を出て、隣のドアをノックしてみた。何度か叩いてみたが返事がない。ドアの把手を回してみると、鍵はかかっていなかった。思い切って扉を押してみる。中には誰もいなかった。アナベラはどこへ行ったのだろう？　急に不吉な思いが脳裡をよぎり、彼は慌てて妹を捜しに出た。

とりあえず城館の中をひととおり捜してみたが、見つからない。彼は再び庭へ出た。その夜も満月だった。すでに闇に慣れた眼に、庭園は先ほどまでとは全く違った姿を見せている。晴れた夜空から降り注ぐ月明かりに照らされて、全てが青みを帯びた闇のベールにくるまれ、その下で噴水や運河の水が月光を映して茫っと螢光しているように見える。そこには、これまで彼の知らなかった「夜の宮殿」が広がっていた。別の世界へ迷いこむような思いを感じながら、彼はテラスの石段を降りていった。

妹の姿を求めて庭園の中を捜しまわりながらも、彼はある予感に誘われるようにして、ローマ風の廃墟へと向かっていた。進んでいく先の方、石造りの神殿やバシリカが黒々とした影となって建ち並ぶ合間からほのかな灯りが見える。近づいていくと、それはヴェスタの神殿の崩れた壁の隙間から漏れる聖火の明かりで、彼は今回の復元にあたって、地下の泉から汲み出す水だけでなく、この神殿の焔をも復活させたのだった。無垢なる巫女たちによって守られていたという古代ローマの神殿の焔に擬して、彼は自分の滞在中は昼夜を問わず、この火を燃やし続けることにしたのだった。

ゆらめく焔の明かりをたよりにさらに先へ進み、月明かりにきらめく大水槽の脇を通りぬけ水路にそって少し行くと、ウェヌスの神殿にたどりつく。昔からここはアナベラの一番のお気に入りだった。一際深い影となって広がる森を背景に、柱廊と水濠に囲まれて、瀟洒なたたずまいを見せる白亜の神殿。円形の神殿の背面の部分が、今夜は円柱の間に張りわたすようにして吊られた幕によって隠されている。天井から床まですっかり被ってしまうほどの丈のある、白い薄物の幕布が、ゆるやかな夜風にあおられて、深海にたゆたう魚の背鰭のような動きを見せている。どうやらこれは昼間の祝宴の名残らしい。昼食の後、来賓をこの周りの回廊に集め、神殿を舞台に見立て、アナベラが得意のアリアを披露したのだ。幕を張ったのは、にわか造りの楽屋をしつらえるためだった。晩餐会のときには運河に浮かべた小舟で演奏していた楽団が、このときは濠に渡した浮橋の上で伴奏を勤めた。彼はその歌を聴いていない。晩餐のときにそのことで怨み言をいわれるのではないか、と密かに恐れていたのだが、意外にも今夜アナベラはいつになく機嫌がよく、昼間彼が客の相手を彼女と叔父に押しつけて、さっさと町へ帰ってしまったことにも何もいわなかった。彼にしてみれば、今さら客に混じって聴かなくても、女学校で声楽の授業を受けてきたアナベラの歌声の艶やかな美しさは知りつくしている。それよりも、大仕事を終えたばかりの虚脱感にすっかり囚われている今の彼には、昼日中から客の機嫌を取って陽気に振る舞って見せるのは、どうにも荷が重すぎた。彼女もそれを察して、敢えて何もいわなかったのかもしれない。

まだ取りのけられていない浮橋を渡って、彼は神殿の中へ入っていった。昔アナベラがよく凭れかかって本を読んでいた祭壇はきれいに磨き直され、そのうしろの、以前には台座だけが残されていた女神像も、今は優美な姿を見せている。丸天井の破れ目から月明かりがさして、神殿の内部はほのかに明るい。いや、それだけではない。ふと彼はもう一つの光源に気づく。鏡だ。祭壇の奥の壁に立てかけられた姿見に、月明かりが反射してきらめいている。アナベラがここを楽屋として使ったときに持ちこんだものだろう。月の光に満たされた空間。今だけはウェヌスに代わってディアナがこの場に降ったかのようだ。天井からさす明かりと、鏡の反射の両方にちょうど照らされるようにして、碧い闇の中に浮かび上がる女神像を見凝めながら、彼は思わず苦笑いを洩らす。この彫像を復元するにあたって、彼はその面立ちを母の写真に似せて造らせたのだった。ところが、出来あがった像をこうして眺めてみると、どうだろう、その容姿はむしろ妹にそっくりではないか。とはいえ、予感に反して、生身のアナベラの姿はここにも見えない。ただ美しい石像が、冷ややかな笑みを浮かべて佇んでいるばかり。諦めて彼が出ていこうとしたとき、背後から声が聞こえた。

「待っていたのよ」

ふり返ると、アナベラが立っていた。晩餐会のときのままの白絹のイブニングドレスを纏い、祭壇と彫像の間に佇む彼女の姿は、まさにウェヌスの化身のようだった。ドレスの生地の色と区別がつかぬくらい皓い肌が、月の光を浴びて清冽なまでに蒼白く輝き、まろやかな肩先からしなやかなうなじにかけての線を際立たせている。彼にとっては誰にもまして親しみ深いはずの、くっきりと彫りの深い顔立ちも、夜の闇のために、いつになく神秘的な陰を宿して、どことなく古拙な微笑を浮かべているようにも見える。その美しさ、艶めかしさに思わず引き寄せられるようにして近づくと、震える声で彼は囁きかける。

「捜していたんだよ」

アナベラの表情から無邪気さが消える。艶然とした笑みを浮かべ、大きく見開かれた眼で真直ぐに彼を見凝めると、血に濡れたような紅に彩られた唇を、うっすらと、誘いかけるように開いてみせる。まるで月の女神が憑依したかのようだった。気がついたときには、彼は女の身体を抱き寄せ、その唇を奪っていた。唇は容易に離れようとはせず、熱烈な唇づけの間にも二人の腕は絡み合い、互いの身体を求めてまさぐり合う。ようやくの思いで女の顔を引き離すと、彼は自分の腕の中で彼女の身体を回転させ、後から抱き締めるようにした。壁に立てかけられた鏡の中に女の姿が映っている。鏡の中の女は一層皓く、神々しいまでに輝いて見える。その肢体に背後から彼の腕が絡みついていく。女は彼の愛撫に身を任せきったように凭れかかり、その肩口からは彼自身の顔も覗いている。鏡に映しだされた相似た二つの顔。一つは輝くばかりに皓く、もう一つはやや浅黒く、半ば陰の中に沈みこんでいるように見える。まるで一つの月の二つの顔のようだ。

　女は器用に両手を動かして、ドレスを脱ぎ落とす。下には何も身につけていない。彫像よりもさらに優美で官能的な裸身が鏡の中に現れる。その柔らかな肌を、背後から回された彼の両手が愛撫し、揉みしだく。鏡の中の映像が、二重の禁忌を犯すことへの異様な興奮で彼を戦（おのの）かせる。しかし同時に、そのあまりにも美しく、淫らな映像は、彼の官能を駆り立てずにはおかない。やがて女は両腕を上げると、胸をそらすようにして彼の首に回し、ふり返りざまに唇づけを求める。彼の唇がそれに応えてやると、女はさらに深く互いの唇を貪り合おうとするように、再び彼の方へ身体を回し、抱き合ったままで彼を祭壇の上へと誘う。

　先に祭壇の上に彼を横たえると、女は自分が上になって、下から焦れたように彼女の身体をまさぐり続ける彼の手をかわしながら、男のシャツを大きくはだけ、剝き出しにされた胸板に顔を埋めるようにして、唇を押しつけてくる。彼の両手が女のなめらかな背中を優しく撫でまわしてやるうちに、女の唇は彼の胸元をはいまわり、細い指先が首から肩のあたりを愛し気に愛撫していく。やがて女の一方の手が下へ降りていくと、ズボンのベルトをはずし、苦労しながらもズボンを引き下ろそうとする。ついに彼の下腹部が裸にされ、女の冷たい掌が、すでに屹立している性器をそっと握り締めた。異様な快感が彼の背筋を駆け上がった。

その強烈な感覚が、かえって彼の理性を呼び覚ました。今、彼がその腕に抱いているのは、彼の腕の中で一心に彼を愛撫しているのは、同じ母から生まれた妹なのだ。これは禁じられた歓びなのだ。彼は自分の性器を愛撫している妹の手を引き離すと、身体を起こそうと試みた。だがアナベラは思いもかけぬ力で彼の胸板を押さえつけると、熱にうなされたような狂暴な眼つきで彼を睨みつけ、叫んだ。

「何を恐れているの？　愛か、さもなければ死、それだけよ。もうとっくに覚悟は決めているの。わたしが愛することができるのはあなただけ。わたしは天国も地獄も信じない。二人が結ばれて、一緒にいられれば、そこが楽園。満たされない愛に生きることこそ地獄だわ！」

彼はこれほど美しいアナベラを見たことはなかった。月光を全身に浴びて、それ自体発光しているかのようにほの白く輝く裸身。熱っぽく彼を見凝める、燃えるような瞳。まさに「氷のように燃える炎」だった。すでに誘惑は圧倒的だった。どうして抗うことができよう。これが二人の運命なら、身を任せるより他ないではないか？　アナベラのいうとおりだ。これ以上自分の欲望を偽って生きていくことは、もはや地獄でしかない。《ならばいっそ、俺はこの美の化身への愛に殉じてやろう。本望ではないか？　ましてそれが愛してやまぬ妹ならば、至福ではないか？》

彼はなおも訴えかけるようにこちらを見凝めている女に微笑みかけると、両手で優しくその頭を抱き寄せ、自分の懐へ受け止めてやる。見上げる丸天井の裂け目から、月が覗いていた。胸元をはいまわる女の唇の感触を楽しみながら、彼はしばし呆けたように見惚れていたが、やがて、唇づけを降り注ぎながらせり上がってきた女の顔が、彼の視界をさえぎった。再び重ねられた唇が緩けて、舌が絡み合う。互いの意思を確認し合うように唇づけがくり返され、互いの肉体の全てを知り尽くそうとするように、執拗な愛撫がくり返された。女の指先は彼のこわばりきった男根に纏わりついて離れず、彼の指もまた、すでに溢れるばかりに潤っている女の秘唇をまさぐり続ける。女は切な気な吐息とともに喘ぎながら、ときおり痙攣的に腰をくねらせる。

意を決した彼は、身体を起こすと、女を自分の下に組み敷くようにして横たえ、片方の臂を女の顔の横につき、もう一方の手で乳房を揉みしだくようにして、のしかかっていった。膝を使って女の両膝を寛げ、その間に腰を入れると、一息に貫く。女の顔が歪み、唇から小さな悲鳴がこぼれた。彼は少しの間そのまま動かずにいて、宥めるように女の額や頬に唇を触れる。漸く女の顔に満ち足りたような微笑が戻ってくるが、それも束の間、彼がゆっくりと腰を使い始めると、再び女の顔は苦しそうに歪み、貫かれるたびにかすかな悲鳴が洩れる。眼の前にある、愛しい女の顔が、自分の身体の律動によって、恍惚と苦悶の表情をくり返すのを、彼は不思議な思いで見凝めていた。だが彼の欲望はもはや躊躇うことを許さない。彼の肉体は、長い間焦がれてきた美しい女体との媾合から、確実に快楽を享受していた。彼の動きが速まるにつれて、女は顎を突き出すようにして、首を左右に振り始める。眼は閉ざされ、逆に開きっぱなしになった唇元からこぼれる悲鳴は、いつの間にか悩ましい喘ぎ声に変わっている。そんな女の顔を見凝め、髪の匂いを嗅ぎ、ときおり唇を貪りながら、片臂と両膝で身を支え、残った片手で女の胸を把みしめ、女の胎内深く穿ち続ける。熱く濡れた肉がきつく締めつけてくる感覚が、彼を夢中にさせた。女の両手が彼の背中に痛いくらいにしがみついてくる。彼の腰の両側で立て膝になっている女の太腿が、きつく締めつけてくるかと思うと、ぐったりと緩む。そんなことをくり返すうちに、女の腰が彼の動きに応えて、のたうち始める。もうすぐだ。彼はもう何も見ず、何も考えない。肉体を覆いつくす快感が全てだ。瞼の裏に極彩色の閃きを感じ、意識はどんどん空白に近づいていく。と、自分の下で女の身体がのけぞるようにして硬直し、その四肢が彼の身体を圧し砕かんばかりに締めつける。耳元に絶息するようなかん高い呻き声を聴いた瞬間、彼もまた昇りつめ、痺れるような空白に到り着く。なおも腰を使いながら、精液の迸りが駆けぬけていく感触だけを味わっていた。

　彼の発作がおさまった後も、女の身体の内部は彼を締めつけて離さず、快楽の余韻を伝えるように、下腹部から太腿にかけて断続的な痙攣をくり返していた。苦し気に喘ぎ続けている女の上気した頬に、彼はそっと唇づけをくり返し、乱れて顔の周りに散らばっている髪を、指先で整えてやる。その肉体が力を失い、弛緩するのを待って、彼は女から身を離す。やがて彼女も眼を開き、二人は互いの眼を見合った。彼らはそこに、想いを遂げた者同士の歓びを認めて、微笑んだ。アナベラの顔にはいつもの邪気のない優しさが戻っていた。彼は妹の傍らに身を横たえ、肩に腕をまわして抱き寄せた。頭上にはもはや月の姿は見えなかった。二人は抱き合ったまま、眠りに落ちていった。

　彼が目覚めたとき、すでにアナベラの姿はなかった。身を起こしてあたりを見ると、祭壇の傍らに脱ぎ落とされていたはずの彼女のドレスもなくなっている。鏡は残っていた。朝の光の中、露に映し出された自分の顔。脱殻のように生気のない顔に彼は驚く。これはどうしたことだ。昨夜おまえは、あれほどおまえを苦しめてきた想いを、ついに遂げたのではなかったか？　だが、そこには欲望を満たした者の歓喜も、禁忌を犯した者の虞(おそれ)も、窺えなかった。虚無そのもののように無表情な自分の顔が、むしろ彼を不安にさせた。あれは全て夢だったのだろうか？　晩餐のときに飲みすぎたワインと、「夏の宮殿」の復元が終わった今、無意識のうちに彼の内部で抑圧されていた欲情が解き放たれた結果もたらされた、甘美な悪夢にすぎなかったのだろうか？　そんなはずはない、と彼は考える。もしそうだとしたら、何故俺はこんなところにいるのだ。

彼は祭壇から降りると、姿見に向かって乱れた服装を整えた。その有様からして、昨夜の乱行は疑うべくもない。鏡の中の表情が苦笑いで歪む。神殿の内部は天井の裂け目や、壁の上の方に開けられた明かり採りから差しこむ陽光で満たされ、女神像は静謐な微笑みを浮かべ、祭壇はよく磨かれた大理石の表面に陽差しを映して、美しい光沢を見せている。ふと、彼は祭壇の上、つい先ほどまで彼が横たわっていたあたりに、不自然な曇りを見つけて覗きこむ。そこには小さな赤黒い染みがいくつかこびりついていて、艶やかな石の表面を汚していた。

彼は、一度外へ出ると、円柱の間に張りわたされた幕布を一枚引き剝がし、その一端を濠の水で濡らして、祭壇の染みを丁寧に拭いとった。改めて表へ出ると、血に穢れた布を小さくまるめて濠へ投げ捨て、神殿を後にした。城館へ戻る道を辿りながら、彼はひとりごちた。

《早くあの鏡を片づけさせなければ》

Ⅲ

一時は犯してしまった罪の恐ろしさに戦きはしたものの、一旦堰を越えてしまった欲望は、もはや後戻りできなかった。二人は密かな官能の世界へ耽溺していった。一度はすでに禁断の世界へ踏みこみ、しかも二人が離れられないとなれば、彼らに残された道は他になかっただろう。

館の中でこそ人目をはばかって、疑惑を招きかねないような振る舞いは注意深く避けられていたが、「夏の宮殿」では思いのままに睦み合うことができた。いきおい、二人だけで陽の高いうちから森へ出かけ、夜遅くになって漸く館に戻ってくることが多くなっていった。驚いたことに、ほんの数回の情事のうちに、アナベラは悦びを極める術を知るようになり、その悦びをさらに高めるために、様々な技巧をさえ自分から試みるまでになった。妹の思いもかけなかった早熟と淫蕩さは、彼を喜ばせると同時に不安に陥れた。そうした知識の多くは、彼女の寄宿生活の間に得られたものだった。皮肉なことに、数年間の隔離生活はかえって処女のままに彼女の若い肉体の官能を培い、再会の時までに、彼に最高の恋人、あるいは情人を提供する準備を整えていたのだった。意表をつく積極的な愛戯の展開にたじろぐ彼の、問いただすような言葉に、彼女は何の屈託もない様子で答えるのだった。

「どうしたの？　気持ちよくない？　わたしはただ、お兄様を悦ばせてあげたいだけよ」

それでも、町一番の旧家の兄妹に対する町の人々の評判は上々であったが、さすがに二人の関係のただならぬことを噂する者も現れ始めた。いずれ使用人の誰かが注進に及んだものであろう、急に叔父の来訪が頻繁になった。たいがいは他に客を伴って訪れ、彼らを「夏の宮殿」に案内してもてなすためだといっていたが、どうやらそれは口実で、本当のところは、兄妹の間の噂を心配してのことだったのだろう。やって来るたびに叔父は、ジョバンニには新しい事業への参加を、アナベラには結婚を勧めるのだった。二人の充ちたりた至福の生活は、思わぬ障害に晒されることになった。ジョバンニはすでに成人した一族の当主とはいえ、経済的な面で後盾となってくれている叔父の意向を無視することはできない。二人はどちらの申し出に対しても、うまくはぐらかして答えを引き延ばしていたが、それにも限度があった。いずれは、はっきりとした態度を示さねばならない。しかし、今や二人は、身も心も離れられなくなっていた。

そうこうしているうちに、突然叔父が倒れ、そのまま亡くなってしまった。期せずして彼らは別離の危機を免れたが、今度は経済的な問題に直面することになった。叔父の死によって事業の実権は他人の手に渡り、僅かな遺産と年金しか彼らの手元には残らなかった。叔父の財力にたよっていた一族の財政状態は、急速に悪化していった。

また、叔父の死によって、一族の直系は彼ら兄妹二人きりとなった。このままでは彼らの経済的な破滅と、家系の断絶は避けられない状況となった。悩みぬいた末にジョバンニは決断を下した。アナベラを結婚させよう。このとき、彼は自らの感情を犠牲にして、当主としての責任をまっとうする決意を固めたのだろうか、あるいは、至福の日々の中にも、彼の心の底に潜んでいた虞と不安が、彼にこの機会を利用させたのか、いずれにしても、彼はアナベラとの別離を決心したのだった。

兄の決意を聞かされたアナベラは怒り狂った。裏切り者と罵り、兄に殴りかかった。数日間の狂乱の後、彼女の怒りは深い嘆きに変わった。人前でこそいつもと変わらぬように振る舞ってはいたが、何日も泣き腫らしたような眼をして、うちしおれていた。その後も彼女は、嘆願、誘惑、脅迫、あらゆる手段をつくして兄を翻意させようと試みたが、いずれも果たさず、もはやいかなる手段をもってしても彼の決意を変えられないと悟ると、ついに結婚を受け入れたのだった。

結婚相手に選ばれたのは、叔父に連れられて何度か二人のもとを訪れていた青年だった。若くして成功した富裕な実業家で、叔父の事業のパートナーの一人でもあった。彼は初めて館を訪れたときから、すでにアナベラを見初めていたのだった。家柄にさえこだわらなければ、経済的な面だけでなく、容貌からも、実直そうな人柄からも、望ましい結婚相手といえた。

間もなく正式の交際が始まり、普段は首都で仕事をしている彼が、週末毎に訪ねてくるようになると、初めは泣くなく相手をしていたアナベラも、しだいにまんざら嫌でもないような様子を見せるようになり、婚約を交わす頃には、すっかりその気になったように、休日になると朝早くから彼の車が迎えにきて出かけ、夜遅くに送られて帰ってくるという具合だった。

そうなると、今度は兄の方が嫉妬に苦しめられることになった。一方では彼との密かな情事も続けられていたのだから、なおさらだった。身を裂くような嫉妬に、彼はそれこそ狂わんばかりだった。それでも妹の婚約者の前では、彼としても親代わりを務める寛容な兄でいる他はなかった。さすがに婚約者の処女性をとやかくいうような時代ではなかったが、相手が実の兄となれば話は別だ。間違ってもそんな疑いを持たれるようなことがあってはならない。彼はアナベラと婚約者の睦まじそうな戯れも、黙って見ているよりなかった。

彼女が初めて外泊して朝方に帰ってきたとき、彼の激情は爆発した。妹を自分の部屋にひきずりこむと、詰問しながら殴りつけた。彼女が床に倒れこむと、髪を把んでひきずり起こし、立たせておいてまた殴った。唇の端が切れて血が滴り、眼の下が赤黒く腫れ上がった。それでもなお彼を駆り立てるほどに、アナベラは美しかった。昂奮に頬を赫らめ、怯えた様子もなく、真直ぐに彼を見凝め返してくる姿は、かえって燃え立つような美しさに輝いていた。この美しい女の身体が、他の男の肉体を迎え入れたのかと考えただけで、彼は胸が締めつけられるような苦しみに苛まれ、どうにも我慢がならなかった。そんな彼に向かって、アナベラは唆すようにいうのだった。

「うんと怒るがいいわ。思いきり殴ってもいいのよ。その後でうんと激しく抱いてくれるなら。そのためにわたしは他の男と会ってるんだから」

彼はアナベラの身体を壁に押しつけるようにして、自分の唇で彼女の口を塞ぐと、そのままベッドまでひきずっていって、押し倒した。情欲の激流に呑みこまれるままに、二人は情事に溺れこんでいった。


嫉妬と激情と悔恨の日々の果て、ついにアナベラの婚礼の日を迎えた。式典は町の教会の聖堂で盛大に行われた。式を終えて、新郎新婦は教会の前から子爵家の馬車に乗って、駅へと向かった。沿道では町の人々が祝福とともに見送った。丘の上の城砦の復興、そして令嬢の婚礼と、あたかも子爵家が若き当主のもとで往年の勢威を取り戻したかのように見えたことだろう。新婚の二人は列車で首都へ向かうことになっていた。夫の手で高級住宅地に新居が用意されていた。ジョバンニは見送りのために、後から車でついていった。

今度も別れの舞台はプラットホームだった。今度は彼が見送る番だった。沈鬱な気分を表情に出さないようにするのが、彼には精一杯だった。涙も笑いもなく、彼は花嫁姿のアナベラを見送った。列車に乗りこむ直前、彼女は夫から離れて彼の方へ駆け寄ると、最後の抱擁を交わしながら、そっと彼だけに聞こえるように、耳元で囁いた。

「待っていてね。わたしはきっと帰ってくるわ。そのときこそ、わたしたちは永遠に結ばれるのよ」

一人の生活が始まった。愛欲に爛れた最後の日々に疲れ果て、恋情が妄執に変わっていくのを恐れ始めていた彼は、むしろほっとした思いで静かな毎日を楽しもうとしていた。しかし、それも初めのうちだけのことで、やがて癒し難い寂寥感が襲ってきた。子供のときから一緒に暮らしてきた唯一人の家族を失ったのだ。館の中のどこにいても、何かもの足りない感じがしてならない。どこかに、あってはならないはずの空隙(くうげき)ができてしまったようで、落ち着かないのだった。それだけならまだよかった。いずれ時間の経過とともに、この不在にも慣れてしまうことだろう。彼は久しく中断していた美術史の研究に没頭しようとした。それはそれで、ずいぶんと気が紛れるはずだった。また、それを可能にするだけの経済的な基盤も、妹の結婚によって確保されていた。叔父の残してくれた年金と、アナベラの夫によって設立された、文化財としての「夏の宮殿」を保護するための基金と、彼自身の信託資産からの利子とで、かろうじて屋敷と「夏の宮殿」を維持しながら、旧家の体面を保って生活していくことが可能になった。もちろん使用人の数は減らさなければならなかったが、独り暮らしとなった今、不自由はなかった。そんな簡素で静謐な毎日の中で、最も彼を苦しめたのは、官能の飢餓だった。それはいつも身体のどこか奥深くで疼き続け、アナベラの肉体の細部や、熱烈な愛戯の記憶と結びついて、間歇泉のように、しかし執拗に噴き上げては彼に襲いかかってきた。たとえ悪所に通い、どこの誰とも知れぬ女を抱いたところで、あまり効きめのない鎮痛剤を打ち続けるようなもので、一時しのぎの気安めにしかならなかった。

半年ほどして、アナベラから手紙が来た。彼の方からは敢えて連絡をとろうとはしていなかったので、初めての手紙だった。会いたいという。列車の切符まで同封されていた。今さら妹夫婦の暮らしぶりなど見たくもなかったし、彼女に会えばどこまで自分を抑えきれるか、正直なところ自信がなかったが、かといって彼には断りきれる誘いではなかった。はやる気持ちを抑えて、彼は指定された列車に乗った。首都の駅では、アナベラがホームで彼を待っていた。

再会の喜びも束の間、彼女の変貌ぶりは彼を驚かせ、不安にさせた。わずか半年の間に、アナベラはすっかり都会の上流婦人になっていた。田舎暮らしの頃には、動きやすい素朴な服装か、優雅ではあっても、どちらかというと古風な趣の服ばかり身に着けていたものだが、今眼の前にいる彼女は、流行りのデザイナーの仕立て服を上品に着こなし、さりげない宝飾品で身を飾り、首都の風俗に見事に溶けこんでいた。何よりも薬指の指輪が、今の彼女の地位と立場を物語っていた。

予想に反して、彼女は兄を自分の家へは連れていかなかった。二人は外で食事をし、どこにでもいる兄妹のようにお喋りを楽しみ、その後アナベラは彼のために予約しておいたホテルへ兄を送っていった。部屋まで彼女はついてきた。高そうなスウィートルームだった。部屋の中を見聞するふりをして先に立って歩く妹の後について寝室に入った彼は、思わず背後から彼女を抱き締めていた。官能の飢餓が、一切の理性を凌駕していた。彼の腕の中で身をよじるようにしてふり向いたアナベラは、初めから全てを承知していたかのように、うっすらと開かれた薔薇色の唇を彼の方へ差し出した。躊躇うことなく彼は貪りついていった。

そのまま二人はベッドへ倒れこみ、服を脱ぐ間ももどかしく、互いの身体を愛撫し始めた。しだいに露になっていく女の肉体の上に、かつて自分のものであったアナベラを、彼は必死で捜し求めた。妄執が情事をより一層激しいものにしていた。いつになく熱烈な交わりをくり返した後、ようやく互いの身体から離れると、すでに快楽を貪りつくし、疲れはてた裸身を広い寝台の上に横たえた。二人ともしばらくは動悸がやまなかった。やがて彼の方へ顔を向けると、穏やかな声でアナベラがいった。

「わたしはお兄様の子供を産むわ。わたしたちの血の純粋な結晶よ。その子の中で、わたしたちは一体になるのよ」

彼は背筋を冷たいものが駆け下りるのを感じた。彼女は近親相姦の子を産もうというのか。まさかアナベラがそんなことを考えていようとは。彼は起き上がると、ベッドを出て窓辺へいき、カーテンの端をめくって外を窺った。すでに夜の帳に覆われた街。十月の冷たい風が街路を吹きぬけ、人々はこころなしか早足に通りすぎていく。窓硝子とカーテンの間に潜んでいた冷気が、彼の神経を鎮めてくれる。すっかり遅くなってしまった。ふり返ると、アナベラもベッドを出て、服を着始めている。彼女が身づくろいのために浴室へ行っている間に、彼も服を着てしまうと、リビングの方へ移って長椅子に腰を降ろし、煙草に火をつけた。

間もなく浴室から出てきたアナベラは、都会の資産家夫人に戻っていた。つい先ほど、彼が自分の腕の中に確かに取り戻したと感じた秘密の情人は、いったいどこへ消えてしまったのだろう？　結局のところ、彼は何一つ取り戻すことなどできなかったのだ。これからもきっと、同じことのくり返しだろう。それがわかっていながらも、官能の飢餓が唆すままに、彼はこんなことをくり返すのだろう。拒むことはできまい。

別れの唇づけ。抱擁。今度も彼女は耳元で囁く。

「待っていてね。必ずわたしは帰るから」

そしてアナベラは部屋を出ていった。すでに飢餓は癒されていた。少なくとも今夜は、充ちたりて眠ることができるだろう。彼は急いで宿を引き払うと、その夜のうちに町へ帰った。

　三ケ月たって、再びアナベラから手紙が届いた。手紙は彼女が妊娠したことを告げていた。彼女はジョバンニの子供であることを確信しているようだった。文面からは喜びが溢れ出さんばかりだったが、この知らせは彼を恐怖に陥れた。たった一夜のことで、まさか本当に身籠るとは。本当に俺の子だろうか？　アナベラの思いこみにすぎないのではないか？　彼は考えた。きっとそうだ。何のことはない。生まれてくる子供は、彼女の夫にそっくりにちがいない。だが、いくら自分にいいきかせてみても、不安は消えなかった。近親相姦の子が、自分が何者であるかも恐らくは知らされぬまま、彼女の夫の財産を奪い、すでに腐り始めている彼らの一族の血統を受け継ぐ。そんなことは彼は望まなかった。彼はただ、アナベラとの二人だけの秘密の楽園を守りたかっただけなのだ。たとえそれがどんな形であっても。一度心の中に根づいてしまった不安は、彼を苛み続けた。アナベラを失うことへの恐れと、妄執にも似た彼女への愛から解き放たれることへの憧れが、彼の中でしだいに拮抗するようになっていった。

　彼女からの手紙は毎月のように届けられ、彼はそのつど彼女の胎内で子供が順調に成長していることを教えられた。出産予定日が近づいたある夜遅くに、彼はアナベラの夫からの電話で起こされた。相手はひどく取り乱した様子で、初めのうちは、どうも言っていることがよくわからなかった。突然の悲報だった。アナベラが流産し、急いで病院へ運んだのだが、その後の経過が思わしくなく、今夜になって容態が悪化し、つい先ほど息をひきとったという。一瞬頭の中が真白になったが、落ち着いてみると、不思議なほど実感がなかった。むしろ、心のどこかで、この知らせを待ってい た自分がいることに気づいて、彼は慄えあがった。彼は思わずにはいられなかった。天の配剤というものだろうか？　とにかくすぐに行く、とだけ答えて受話器をおくと、執事を起こして車を出させ、首都へと向かった。

夜明けに病院に着いた彼は、冷たく蒼ざめたアナベラの亡骸に再会した。その表情は、彼に何も語ってはくれなかった。彼は漸くこのとき、彼女の死を悟った。首都での葬儀を済ませると、悲嘆にくれるアナベラの夫を残して、彼は早々に町に帰ってきた。

今度こそ本当に孤独な生活が始まった。だが、望んでいたような解放も安息も訪れなかった。彼を待っていたのは、もう一つの地獄だった。日を追うごとに喪失感は堪え難いものになっていった。世界が色彩を失ってしまったように、何を見ても気持ちが華やぐということがない。喜怒哀楽の感情はあるのだけれども、その底で奏鳴していなければならないはずのものが、すっぽり抜け落ちてしまっている。空疎なのだ。

自分の中に、いつも不在の感覚がつきまとっている。結局彼は魂の一部を喪ってしまったのだった。

激しい悔恨が精神を痛めつけ、官能の飢餓は対象を失ってなおも肉体を駆り立てる。その両方から逃れるために、彼はあらゆる手段を試みた。酒、薬、女、しかし全て虚しかった。どれほど溺れてみても、生きている限りは眠らねばならない。眠れば夢に追いかけられることになり、しかも眠りには必ず目覚めのときが訪れる。孤独な目覚めは、何にもまして堪え難かった。

たちまち彼は身を持ち崩した。乱脈な生活は彼の知力と健康を蝕み、経済的な破綻をもたらした。アナベラの死によって、その夫からの援助を期待できなくなったことも痛手だった。見るみるうちに、全てが崩れ去っていった。ジョバンニはついに全てを手放す決意をした。何よりも、妹の思い出に囲まれるようにして館の中で暮らし続けることに、堪えられなかった。残っていた使用人たちにできる限りのものを与えて暇をとらせると、彼は屋敷を出て、町の下宿へ移ったのだった。

Ⅳ

ジョバンニ・Bは疲れ果てて、森の中に佇んでいる。彼の前には古びた城門が聳えている。その向こう側には、秘密の楽園が隠されているはずだ。彼自身が創り上げた楽園。しかしその扉は、今や永遠に彼を拒むかのように、固く閉ざされている。事実この城砦はもはや彼のものではない。町の屋敷と同様、すでに州政府に売却されている。それでも彼のズボンのポケットの中には、すでに失われた彼の一族の富と栄光の最後の形見として、一つの鍵が残されている。州政府の役人どもが錠前をつけ替えていなければ、この鍵を使って、あの潜り戸を開くことができるはずだ。

長い曲がりくねった上り坂の連続で、すっかり乱れた呼吸が落ち着くのを待って、彼は藪の中へ踏みこむ。闇の中を何度か躓きそうになりながら城壁にそって進み、木戸を見つけだす。錠前が替えられた様子はない。潜り戸は容易く開かれ、彼は久しぶりに城壁の内側、閉ざされた追憶の世界へと入りこむ。

かつて辿った道順を彼は再び歩む。石畳の武者溜を横切り、城館の脇を抜けるようにして反対側に出ると、庭園に面したテラスに上がる。自分が創り上げた唯一のもの、自分が残すことのできる唯一のものを、今一度確かめるように、月明かりが照らし出す庭園を眺めやる。彼が心血を注いで甦らせたバロック式の庭園は、打ち捨てられていたこの一年あまりの間に、すでに荒廃の兆を見せていた。彼の全ての夢と同じように、「夏の宮殿」もまた、亡びの道へと向かいつつあるのだ。もはや何ものもそれを妨げることはできない。唯一の救いは、この城砦が州政府に売り渡されたことだ。彼らは某かの予算をつけて、この城館と庭園を保護することになるだろう。いずれは、この地方には数少ない観光名所として、あるいは史跡として、広く大衆の眼に晒されることになるにちがいない。だが、それはもはや彼の創り上げた楽園ではない。もとよりそんなことは彼の望むところではなかった。しかし、他にこの城砦を、少なくとも今の姿に近い形で、残す方法はなかっただろう。

この「夏の宮殿」こそが最後の約束の場所であるはずだ。他にもう彼の行くべきところは、どこにもない。もしここが違うとしたら、他に約束の場所など存在するわけがない。全ては彼の他愛もない妄想にすぎなかった、ということになる。しかし彼の想いを促すように、月の輝きはなおも彼の思考を支配し、まるでそれが予め定められた運命そのものであるかのように、彼の行動を導いている。彼はもう一度、自分の確信への保証を求めるかのように夜空の月を見上げると、石段を下って庭園に降り立つ。

実際に下に降りて歩いてみると、彼が考えていた以上に荒廃はすすんでいて、すでに雑草や、枯枝や、本来この庭にはなかったはずの様々な植物が、あちこちに侵入を始めている。このままでは、再び緑のベールがこの美しく意匠を凝らした庭をすっぽりと被い包んでしまう日も遠くないことだろう。いっそその前に、彼自身この庭の美しさとともに、自らの運命に決着をつけてしまうことだ。

彼は糸杉の並木道を辿って、バロック庭園の向こう側、運河の脇の小道を目指す。彼が造り、すでに何度も歩いてきたこの道を、ゆっくりと歩いていく。ここまで来れば、いまさら急ぐ必要もないだろう。ここか、さもなくば何処でもないか、どちらかなのだ。いずれにしても、この先、彼の行くべき所はもう残されていない。だとすれば、何を急ぐことがあろう。懐かしい道を辿りながら、彼はこの人工の楽園でくり返された数多くの秘め事を思い出す。あの快楽に彩られた日々の様々な細部を。草木の一本、水のきらめきの一つひとつ、森のざわめき、はては風のそよぎまでが、いくつもの情景を蘇らせる。そして、それらの画面の中で何よりも輝いているのは、いつもアナベラの存在であり、あるときは無邪気な、あるときはひどく蠱惑的な、様々に移ろう彼女の表情であり、しなやかで弾力に富んだその肉体であり、その肌のきらめき、その奔放な姿態、そうした誘惑の全てなのだ。彼はしだいに身内に幸福感がみなぎってくるのを覚える。そう、彼は今、禁断の楽園を取り戻したのだ。月の輝きに守られ、周囲の森から聞こえてくる木樹のざわめきと、生暖かい夏の夜気に優しく包まれて、彼は歓喜と悦楽の記憶に浸りながら歩き続ける。やがて運河の脇の小道に入り、オリーブと桃金嬢の垣を抜けて少し進むと、「夏の宮殿」のもう一つの顔であるローマ風の廃墟の園にたどり着く。

誰が灯したのだろう？　驚いたことに、彼がヴェスタの神殿に復活させた聖なる火が、今夜も青白い焔をゆらめかせている。その灯に導かれて、彼は廃墟の一群の中へと招き入れられる。さらに進むと、朽ちかけた柱像に囲まれた大水槽が、黒々とした水のゆらめきに月明かりを映して、きらきらと広がり、その周りをめぐっていけば、そこから水を引いた溝を辿って、この廃墟の最も奥に位置する、あの夜彼の運命を決定づけた、唯一の約束の場所、ウェヌスの神殿に至る。

小ぢんまりした円形の神殿は、今夜も月光の下、濠の水面のきらめきに囲まれ、さながら浮島の上に築かれた祠のように、あるいはささやかな舞台のように、蒼ざめた白亜の姿を見せている。ここここそアナベラに最もふさわしい場所だ。幼い頃から彼女がこの場所をこよなく愛したのも、見事に甦った夜の神殿の、この得もいわれぬ美しさを、子供心にも思い描いてのことだったたかもしれない。彼はいよいよ確信する。今夜ここでアナベラは俺を待っているはずだ。あの夜のように。迷うことはない。もう何も迷うことはないのだ。全ての始まりのように、全ては終わるだろう。それこそが、今の俺に残された唯一の望み、唯一の欲望なのだ。ジョバンニはその場で身に着けていたものを全て脱ぎ捨てると、素裸で濠を渡り、濡れた脚のまま、神殿の中へ入っていく。

神殿の内部は、ちょうどあの夜のように、天井の破れ目と壁の上方に開けられた明かり採りから入る月光に満たされて、ほの明るく、すでに闇に慣れた眼にはさほどの不自由を感じさせない。おまけに誰が置いたものか、奥の壁には、これもあの夜と同じ姿見が立てかけられていて、これに映る月明かりの反射が照明がわりにさえなっている。これで舞台は整ったというものだ。

彼は中央に進み、大きな大理石の祭壇の上に身を横たえる。冷たい石の感触が、汗ばんだ肌に快い。傍に立つウェヌスの彫像が、相も変わらぬアルカイックな微笑みを浮かべて虚空を見凝めている。彼は天井の破れ目越しに、ちょうど姿を覗かせている円い月を見上げる。すでに高い位置にあるというのに、今夜の月はなおも影のあたりにうっすらと薔薇色を滲ませ、何やら艶めかしい色合いを見せている。彼は今一度ひとりごちる。

《今夜のおまえは、何をそんなに昂ぶっているのだ》

もとより応えのあるはずもない。彼は小さく息を吐くと、身体の力をぬく。待つしかない。身内に広がる疲労感に誘われるまま、眼を閉じる。深い静寂の中、地の底から聞こえてくるような、かすかな水の音を彼は聞き分ける。地下の暗黒の中で牙を剝く狼の姿を彼は思い浮かべ、懐かしい叔父の声を思い出す。

「泉はまだ涸れつきてしまったわけではないんだよ」

地下の泉は生きているのだ。彼が甦らせた「夏の宮殿」の心臓は、今も脈打ち続けている。その音に耳をすませながら、彼は待ち続ける。

不意に、とても柔らかで冷たいものが、得もいわれぬ繊細な感触で彼の額を撫でるのを感じる。期待に震えながら眼を開くと、待ち焦がれていた女が、一糸纏わぬ姿で、懐かしい微笑みを浮かべて、祭壇のすぐ横に立っている。その指先で彼の額を、頬を、愛撫している。彼は安堵に満ちた笑顔を見せると、女に囁きかける。

「待っていたよ」

女も優しい笑みを返しながら、彼の眼を愛しそうに見凝めて応える。

「だって、お兄様、約束したじゃない」

そうだ。今夜こそ約束は果たされるのだ。彼女を抱き寄せるために身を起こそうとする彼の胸を、そっと片手で押さえると、女は自分から彼の傍らに身を横たえる。しばしの間、二人はただ身体を寄せ合ったまま、まるで幼い頃を懐かしむかのように、お互いの肌の感触とぬくもりを確かめ合っていたが、やがてどちらからともなく、お互いの身体を愛撫しはじめる。為すべきことは定められている。愛撫も唇づけもしだいに熱っぽさを増し、二人は舌を絡ませ合い、四肢をもつれ合わせながら、まるで失われた魂の片割れを確かめるかのように、互いの身体の隅々までまさぐり合う。情事にのめりこんでいく二人には、もはや運命も、生死の境も関係ない。ただ狂おしいほどの想いがあるばかり。

ふとしたはずみに、月光を映す鏡の反射が彼の意識をひきつける。奥の壁に立てかけられた姿見に眼をやりながら、彼は思い出す。初めての夜、鏡に映し出された愛し合う二人の姿を。ところが今夜、鏡の中にアナベラの姿はない。確かに両の腕の中に抱き締めているはずの肉体が、何故か鏡の中には映っていないのだ。不意に彼は恐怖を感じる。その気配を感じとったように、アナベラはすばやく祭壇を降りると、真直ぐ鏡に近づき、いきなりふり上げた拳を叩きつけて打ち砕く。銀色の光が砕け散り、女の手が紅に染まる。驚く彼を尻目に、何事もなかったような顔で彼の傍へ戻ってくると、女は再び積極的な愛撫を始める。血に濡れた女の手が触れるたびに、彼の身体はどす赤く彩られ、彼の嗅覚は確かに血の匂を嗅ぎわける。それでも、肉体は歓びの器だという。それも愛し合う二人となれば、悦楽はひとしおだ。血の匂さえ、かえって二人の官能の昂まりをいやますばかり。互いの身体をまさぐる指先は狂おしさを増し、互いの肌をはいまわる舌と唇は、いよいよ貪欲になっていく。ついには互いの性器を貪り合うような愛撫の果て、意識は半ば快楽に痺れ、すでに彼の性器は今にも爆ぜんばかりの逞しい屹立を見せている。女の下腹もまた熱い潤いに濡れそぼち、露となって内腿にまでしたたっている。

胸元をはい上がってきたアナベラの唇がせがむように彼の唇づけを求め、ひとしきり互いの舌を吸い合ったかと思うと、女は焦れたような唸り声とともに、背中を抱き締める彼の手をふりきって身体を起こし、男の下腹部に跨がるようにして、ゆっくりと身を沈めてくる。熱く濡れた肉の感触が彼の性器を包みこみ、締めつける。快感が背中を駆け上がって脳髄に達し、彼を夢中にさせる。彼が待ち望み、憧れていた瞬間が訪れようとしている。女もまた歓びに身を震わせ、狂ったような呻き声を洩らしつつ、彼の上で腰を踊らせている。彼の手が揺れる女の乳房を把み、揉みしだき、その頂で硬ばり立つ乳首を押し潰す。女の両手は彼の胸板を把んで身を支えながら、ときおり痙攣的にのけぞり、爪を立ててくる。少しでも深く結ばれ合おうとして、彼の方からも腰を突き上げはじめると、後はただ頂点を目指して互いの肉体を駆り立てていく。

快楽の波の最中にも、見開かれた彼の眼は、官能の愉悦に溺れていく愛しい女の表情と、その向こう、遥か天空から二人を見下ろしている月の姿を同時に見凝め、あの夜と同じように、月の女神の化身に自らを捧げているような錯覚に捉われる。ふと、彼は思う。《なんだ、俺はとんだ廻り道をしてきただけなのかもしれない》彼が何よりも愛してやまなかった女、彼の運命を支配した唯一人の女、今やこの地上で唯一つ残された彼の欲望の対象。彼はただ純粋に至福の瞬間を求めて、全ての感覚と意識をひたすら女の存在の上に傾け、この女を味わいつくそうと努める。そうするうちにも、寄せては返す快楽の波はその高さを着々と増していき、いよいよ空白の瞬間が近づく。

そのとき、閉ざされようとした彼の視界を、何か光るものがかすめる。見ると、ふり上げられた女の手の中に、鏡の破片が握られている。いよいよ快楽の絶頂を告げるひきつったような女の叫びとともに、ふり下ろされる手の描く弧の中の一点で、鏡は再び月光を受けて鋭いきらめきを見せ、彼の眼を眩ませる。次の瞬間、彼の胸を衝撃が貫く。と同時に歓喜の迸りを下腹部に感じ、彼は身を震わせる。胸元から熱いものが溢れ出し、口の中いっぱいに血の味が広がる。見開かれた彼の瞳に、真紅に染め上げられた月が映る。だが、それも束の間、心地よい虚無が全てを呑みこんでいく。

やがて夜明けが近づく。月はすでに色褪せ、未だ太陽は姿を見せない、移ろいのひとときの静寂と、灰白色の薄明かりに包まれて、胸を開かれ、心臓を抉り出されたジョバンニ・Bの骸は、冷たい大理石の上に横たわっている。血潮は神殿の床をつたって濠へと注ぎ、つい先ほどまで熱く脈打っていた真赤な心臓は、いずこかへ持ち去られて跡形もない。

間もなく、目を覚ました鳥たちのさえずりが、至高の快楽と恍惚のうちに永遠の安息をもたらした彼の死を讃えて、盛大な挽歌を森いっぱいに谺させることだろう。願わくは、取り残された彼の肉体が、衆目の好奇に晒されることなく、一日も早く朽ち果てんことを。

比丘尼詣

夢としりせばさめざらましも

壱

曇りの日には時間の感覚が鈍くなるものらしい。まして列車の心地よい揺れに身を任せていると、忽ち抗い難い睡魔に誘われて、いつの間にやらうつらうつら。ふと眼を開けてみると、さて今は真午なのやら、夕暮れなのやら、とっさには見当がつかないことがある。窓の外の景色の灰色がかった色具合も、蛍光灯に照らされた車内の明るさも、先ほどと少しも変わっていないようなのに、それが小一時間も寝込んでしまった気がして時計を見れば、何のことはない、まだほんの十分ほどしかたっていなかったり。

それでも、そんな束の間の転寝（うたたね）のうちに、綾なす夢の糸に操られるまま、見知らぬ世界を彷徨い歩き、埒もないからくり舞台を駈けずりまわったあげくに、魍魎に追われて命からがら寝覚めてみれば、やはり相も変わらぬ列車の中。そんなことをくり返すうちには、いつしか現の感覚までも心許なくなったりして…。

今もまた、不意に訪れた目覚めに戸惑うばかり。よほど疲れていたのだろう。坐れたのを幸いに、列車が動き出していくらもしないうちに、うとうとと寝入ってしまったらしい。気がついてみると、どうも列車の中の様子が違う。先ほどまではかなり混んでいたはずなのに、いつの間にやら乗客もまばら。窓の外を流れる景色も何やら淋しげな風情で、重く垂れ込めた鉛色の空の下、畑と雑木林がくり返すばかり。随分と遠くまで来てしまったらしい。

夢を見ていたような気がする。さだかに覚えはないのだが、少しずつ壊れていく世界を眺めていた。そのかすかな軋みが、ずっと耳の奥に聞こえていたような、そんな気がする。あるいは、列車の車輪の軋む音が、眠りの中にまで入り込んで、そんな夢を見させたのだろうか…。

時計を見れば、はや午後二時を過ぎている。とっくに会社に戻っていなければならない時間だ。《何をやってるんだ、俺は》黒羽時夫は苛立たし気にひとりごちた。この列車はいったいどこへ向かっているのだろう？ なんでこんな列車に乗ってしまったのだろう？ それにしてもなんて憂鬱な空だ。まだ昼日中だというのに。相変わらず嫌な天気だ。

相変わらず…、時夫は思い出す。雨こそ降っていなかったが、きょうは朝からこんな空模様だった。このところ続いていた深夜におよぶ残業にもかかわらず、彼はいつもどおりに一度出勤してから、昼前の約束で新宿にある客先を訪ねたのだった。昼も近いというのに影一つ映さぬ繁華街の歩道を歩きながら、さしも医者知らずの丈夫が自慢の彼も、働き盛りのはずの身体の隅々に、容易に抜けない疲労感が澱み始めているのを感じていた。

今の会社に勤めて十年余り、その大半はむしろ不況の時代だった。その最中にも成長を続けた数少ない企業に勤められたことは、稀有な幸運だったかもしれない。忙しさも、報いられれば励みになった。上背のある広い肩に、仕立てたらしい毛織の背広がゆったりと馴染んで、やや色皓（いろじろ）の細面ながら、神経質というわけでもなく、温厚そうな顔立ちには、むしろ大人らしい落ち着きが窺える。それでも、気のせいだろうか、ときおりその眼差しにさす翳りが、実際の年齢以上にその面差しを窶れさせているような。

用事を終えて駅に戻ったのがちょうど昼頃だったろうか。駅ビルの地下で軽い昼食を済ませ、そのまま会社に帰るつもりで地下鉄の改札へ向かった。地下街を往きかう人々、そこで働いている人々の発する、様々な声や靴音が、ベトンの壁に閉ざされた空間の中を反響しあううちに、際限もなく膨張する一塊の音となって唸り続けているようだった。その通奏を貫くようにして、これもまた様々な「物」たちのたてる、際立った音が不規則に響き合う。そんな中を、人の流れに乗り、逆らい、時には横切り、それでも他人の身体には当たらぬようにと前方に神経を集中しながら、早足に歩くうち、耳慣れぬ、だがひどく懐かしい音が、彼の耳に飛び込んできた。ハーモニカだ。たいして上手いとはいえない手並みながら、その音色は、無秩序な地下街の雑踏の中で唯一正確なリズムを刻み、快活で素朴な調べを執拗にくり返していた。

わけもなく惹かれるままに、そちらを覗うと、遠目にも色浅黒く白髪混じりの男が独り、壁際に立って、床のタイル一枚をわが舞台と、足を踏み鳴らしてリズムをとり、身体を前後に揺すりながら、同じ旋律をくり返し、休むことなく吹き鳴らしている。それを遠巻きに若者が五、六人ばかり、足をとめて耳を傾けている。背広姿の勤め人や、ＯＬ風の女たちの中にも、聴いていこうとする者はいるのだが、時間がないのだろう、同じ旋律を何回か聴くと離れていってしまう。

近づいてみると、男は老人といってもいいほどの年配で、深い皺の刻まれた顔の前に、両手で包み込むようにしてハーモニカを構え、半ば眼を閉じたまま、凄みさえ感じさせる勢いで、ひたぶるに吹き続けていた。まさか狂っているわけでもあるまい、と密かに訝ったのは時夫ばかりだろうか。カントリーかアイルランドの民謡を思わせる調べは、場所が違えば、周りに踊りの輪が出来てもおかしくないような曲なのだが、それが却ってこの地下街では、場違いな熱狂を醸し出すようにも思われて。

すっかり履き古した様子の編み上げ靴の足元に置かれた、これもそうとうにくたびれた海老茶色の帽子の中には、小銭が数枚。爺さん、きょうの稼ぎはまだまだのようだ。それにしても、と彼は思う。いいかげん違う曲をやってもよかろうものを。いったいこの爺さんはこれしか吹けないのだろうか？　しばらく立ち止まっていた彼も、いよいよくり返される旋律のしつこさに閉口して、纏わりつく音色から身を振りほどくようにその場を離れた。

少し先では、壁のショーウィンドウの飾りつけを入れ替えているらしく、開いたガラスの中は空っぽで、引き出されたマネキン人形が、素っ裸に剝かれたまま、すぐ前の冷たい床に転がされていた。どれも女の人形で、なかなかの別嬪揃い。色の皓いのがよけいに寒々しく見えるが、それでも一体は新しい飾りを入れたダンボールに半身を隠し、もう一体は、このあたりを寝場所にしているらしいホームレスの男の膝に抱かれるようにして、横たわっている。この男にとっては僥倖なのか、それともとんだ迷惑なのか、彼女らの面倒を見るはずの作業員はその場に見当たらなかった。無用心なことだ、などと無用の心配をしながら傍らを通り過ぎるとき、彼の心の奥底にはしかし、このホームレスに対する一片の羨望がなかっただろうか？　無機質な世界の片隅で、もの云わぬ愛人の冷たく無機質な肌を抱き寄せる。そこには、世間との絆を失った、逸脱者の安逸が潜んではいないだろうか。

不意に鳴り響く電話の音が、彼の意識の流れを断ち切る。初めは近くのキヨスクに置かれている電話だと思われたのだが、音のする方角が違う。地下道の反対側、壁際に何台か並べて設置されている公衆電話のほうから聞こえてくる。通行人は誰もみな、まるでその音が聞こえないかのように通り過ぎていく。誰ひとり足を止める者はいない。電話はしかし、いつまでも鳴り続けている。彼も一度はそのまま行き過ぎようとしたのだが、なぜかその音がどこまでも追いかけてくるように思われて、気がつくとその電話の前に立っていた。もとより、彼にはこの電話をとらなければならない理由など何一つないのだが、一度その場に立ってしまうと、どこからか人に見られているような気もして、そのままではひどくばつが悪い。戸惑ったあげくに、とうとう受話器をとってしまった。急に呼び出し音が止み、張り詰めていた弦が切れたような一瞬の感覚の弛緩の中で、彼は水底に落ちたような奇妙な沈黙に包まれるのを感じた。耳に当てた受話器の向こうから、静かな女の声が囁く。

「あなた…」

次の瞬間にはもう地下道の喧騒が彼の聴覚を濁らせてしまう。女の声が遠くなる。しかし彼には一言で充分だった。

「澪…」

女は相変わらず囁くような声で話し続けるが、もう彼にはよく聞き取れない。

「…まだ聞こえるのよ。あの音が…」

ようやくそれだけを聞き分けたところで、電話は切れてしまった。

あまりの不意打ち。瞬間開いた雲の裂けめから差しこむ閃光に、眼眩まされたよう。心の澱を漉き重ね、やっとの思いで固めたはずの殻は脆くも破れ、胸の内に溢れくる記憶の間歇に圧倒されて、彼は見境を失っていたようだ。

「澪、おまえのせいじゃない」

受話器を置きながら、やっとそれだけ呟くと、ただこの場から逃れたい、その一心に突き動かされて、ふらふらと一番近くの改札を入り、あとはただ一番遠くまで行く列車を求めて、ホームへの階段を上っていた。

弐

「ね、聞こえるでしょう？　軋むような音が。どこかにひびが入ってるんだわ」

華奢な掌にかろやかに支えたそのグラスを、明かりに翳し、間近に眺め、矯めつ眇めつしたあげく、女は云う。

その手から受け取って、自分でも光に透かし、様々に角度を変えて調べたうえに、耳元に近づけてさえみたのだが、それらしい音は一向に聞こえず、まして傷など、どこからどう眺めても見つけることはできなかった。

年末の表彰で、会社はこの一年の彼の貢献と成果に報いるべく、ささやかな褒賞を用意していた。壇上で社長自ら贈られた小箱を、席に戻って開いたとき、時夫は思わず歓喜の声を上げそうになった。賞の主旨はともかくも、丁寧に包装された小箱の中から現れたのは、それほど彼の望みにかなうものだった。

バカラのオンザロック・グラス。その上品で簡潔な意匠、噛めば砕けそうなほどに薄い縁周りの繊細さ、手吹きにもかかわらず見事なまでに均一な肌理と厚み、そして一点の曇りも歪みもない完璧な透明感で、クリスタルガラスの魅力の最高峰を誇りながら、しかも彼の掌の内にちょうど馴染む大きさで、この小振りなグラスは、手にとるたびに彼を恍惚とさせた。太古の氷河から、気の遠くなるような地中の旅を経て湧き出した清水を、錬金術を用いて固体に変容させた、としか思えないその優美な宝璧は、しかも、そこに琥珀色の芳醇な液体を注いだときに一段とその輝きをますのだった。その縁に唇を寄せ、年古った蒸留酒を含む前に、彼はいま一度その完璧な美しさを愛でずにはいられなかった。

そのグラスにひびが入っている、と澪は云うのだ。せっかくの喜びを彼女と分かち合おうと無邪気に考えていた時夫は、持って帰ったその夜に早速披露におよんだのだが、正直すっかり水を差された気分だった。何の悪気もなさそうな、大真面目のその云いようが、なおさら癇に障ったが、後から思えばあさはかなこと。そのときは、忙しさにかまけて近頃構いつけない彼に拗ねて、彼女はそんな興ざましを云うのだろう、としか考えなかった。

彼がこの女と暮らし始めて三年ほどになる。共通の友人が催したパーティーに、お互い義理半分で行き合わせたのが出会いだった。

いきなりすらりと上背のある色皓の美人を紹介されて、彼のほうでは何を話していいものやら、正直、嬉しいよりも戸惑うほうが先に立ったというのが本音のところ。黙り込んで退屈させてしまっては名折れだろうし、さりとて、いい気になって手前味噌をこねまわし、その場で疎まれるだけならまだしも、後々までも侮られては、それこそ悔いが残ろうというもの。切れ長の涼やかな目元がいかにも怜悧な面立ちに、紅を引いたやや肉付きの薄い唇がゆかしさを添え、清流に墨を流したような豊饒の黒髪が、それらを縁取って艶を添える。決して贅沢そうなものに身を飾っているわけではないのだが、誰かにそうと云われれば素直に頷ける御令嬢という風情。それが少しばかりはにかんだような微笑を湛えて、間近に佇んでいる。

蛮勇をふるうに今ぞしかず、とばかり思い切って話しかけてみれば、何のことはない、存外に気の置けない話ぶり。素直な娘だった。少し打ち解けてくると話もはずみ、女のほうが合わせ上手というのだろうか、共通の話題にもこと欠かず、結局、お開きという段になるまで、彼が口をきいたのはほとんどこの娘ばかりだった。それでも女が疎んずる素振りを見せないのを幸いに、いつになく積極的になった彼は、帰り道を途中まで送り、別れ際に電話番号まで聞き出したのはすこぶる上首尾。

　明日とは云わぬ、その夜のうちに電話をかけて、またの約束を取りつける。何度か会ううちには親密の度合いも深まり、やがて男と女の仲になった。ただそうなってもなお、彼には一抹の不安が残っていた。ふり返ってみるに、ここにいたるまで、およそ彼女は、彼の要求を拒むということがなかった。初めての食事、初めての唇づけ、初めての褥（しとね）、いずれも、彼なりに気を遣ってことを進めたつもりではあったが、それにしても、そのつど高楼から身を躍らせる思いでくり出す彼の誘いを、彼女はついに断らなかった。とうに三十路を過ぎた身であれば、時夫にも多少の色恋の経験はある。その経験に照らしてみたとき、このあまりに順調なことの成り行きは、彼を有頂天にさせるよりも、むしろ戸惑わせた。澪の従順さは何を意味しているのだろう？俺は本当に愛されているのだろうか。それとも何か他に思うところがあって、俺に就いてくるのだろうか。とりあえず安住できる場所を提供してくれる男の現れるのを、待っていただけなのではなかろうか。

　疑えばきりがない。澪は自分の身の上について、多くを語ろうとはしなかった。どこか西国の海辺の町で生まれたこと。早くに両親を亡くして、ほとんど身寄りがないこと。彼が聞かされたのは、せいぜいがそのていどで。それでも、疑い続けて苦しむよりは、いま確かにこの腕に抱きしめることのできる女が、現に行為で示してくれる真心を信じるほうが、ずっと幸せではないか。ましてその抱擁が無上の歓びであるならば、すでに想いは報われているようなものではないか。そう思い定めてしまえば、いっそ気も楽というもの。彼は新しいマンションを買うと、一緒に暮らそうと澪を口説いた。多少の躊躇いは見せたものの、今度も彼女は拒まなかった。

彼の不安を拭い去るように、ともに目覚める日々を重ねた後も、澪は少しも変わらなかった。無理に求められる役を演じる様子もなく、彼にとっていっそう愛しい伴侶となっていった。

二人にはいくつか共通の嗜好があったが、そのうちの一つがガラスだった。澪は仕事を続けていたから、二人して出かけられるのは主に休日のことになるのだが、そうしたおりには、気のきいたガラス細工や食器を捜して、あちこちと見て歩いたものだった。なかでも麹町のクリスタルガラスの専門店は彼らの大のお気に入りだった。テレビ局の近く、細い通りに面した、小さなビルの一階。ろくに看板も出ていない店の中にはしかし、国産といわず舶来といわず、様々なクリスタルの食器や花器がところ狭しと並べられていて、一歩踏み込めば、余計な装飾を排し、黒で統一された空間一杯に展がるガラスのきらめきが法悦を誘う。この店では全ての商品から商標や商札が外されていて、表示されているのは値段のみ。純粋に品物と価格だけを見て、気に入ったものを選んでもらいたい、というのが主人のこだわりで。客は、これをと決めた品を包んでもらう段になって、初めてそれがどこの国の何のという工房の製品なのかを、明かされるという次第。

形も意匠も百花繚乱、グラスやボウルをあれこれと手に取っては、うっとりと眺めながら、あるとき澪が洩らしたひと言が、奇妙に時夫の耳に残った。

「素敵よね、まるできれいな水のようだわ」

おのずと二人の部屋の食器棚にはクリスタルが増えていった。グラス然り、皿然り、小鉢然り。

ところが、彼の仕事がいよいよ多忙になり、共にすごせる時間が少なくなるにつれて、彼女のガラスへの、就中（なかんずく）クリスタルへの偏愛に翳りが見えてきた。それどころか、どこかしらん、それらを恐れるような素振りさえ見せるようになった。気がついてみると、たまに二人して食卓を囲むときにも、クリスタルの食器は姿を見せなくなっていた。このまま食器戸棚の奥でくすぶらせてしまうのも勿体無いと考えた彼が、リビングに飾り棚を買って並べてみてはどうか、と提案したとき、澪はおよそ初めて彼に反対した。思いもかけぬ強硬な反対に遭って困惑する彼に、「いつか壊してしまいそうで、怖いのよ」とくり返すばかり。ついに肯んじようとはしなかった。

時夫は、さすがに彼女の心中の屈託のただならぬことを感じて、どうしたものかと、彼なりに思い悩んでは見たのだが、これという答えは見つからなかった。何といっても、彼女が望んでいるものが彼にはよく見えない。普通に籍を入れて夫婦となって、子供でも出来れば安心するのではないか、と考えて、それとなく持ちかけてみたりもしたのだが、結婚も、子供を作ることも、彼女は望まないのだった。仕事があるから、とは云うのだが、それだけとも思えない。彼女がそれほど仕事に野心を持っているようには見えなかった。お互いに忙しすぎるのがいけないのだろう。彼にもそれは解っていた。さりとて、いまの二人の生活を維持するためには、仕事を辞めるわけにもいかないではないか。

近いうちに休暇をとって、二人で旅行にでも行こう。それで少しは彼女も慰められるのではないか。ありきたりだが、彼に思いつくのはそんなことばかりだった。

参

不意に誰かに揺り起こされたような気がして眼覚めてみれば、列車はすでに速度を落とし、箱根湯本の駅に入るところ。どれほど眠っていたのだろうか。冴えきらぬ瞼に指を押し当てている間に、ぐらりとひと揺れして列車は止まった。平日の午後とあってか、扉が開いても席を立つ乗客は数えるばかり。どうせ終点、慌てることもなし、と殿（しんがり）覚悟で腰を上げれば、それなりに長旅だったとみえる、少しばかり背中が痛んだ。

終点といっても観光地の田舎駅、ホームをまっすぐ進んで改札を抜けると、忽ち土産物屋が並ぶ駅構内。右へ行って突き当たりが登山電車の改札口。左へ進んで表に出れば、相変わらずの曇り空。とりあえず駅前の観光案内図で目的地を確かめると、すぐにそれは見つかった。

俗称、八百比丘尼（やおびくに）の墓。

「関東では珍しいのよ」と教えたのは澪だった。

ついに果たせぬままの空手形となった旅行の相談のおり、珍しく彼女が自分の郷里に触れて語ったのが八百比丘尼の言い伝え。彼女の生まれた町にも、比丘尼の墓と伝えられる塚があったとか。人魚の肉を喰ろうた娘が不老不死を得て、後に尼となって諸国を流浪し、ゆく先々で功徳を施すが、ついに齢八百にして生涯を終えたという。この伝説は広く全国に流布しているが、主に西国から北陸に多く、なぜか東国ではあまり聞かれない。

「箱根から先へは往けなかったのかも…」と続けたのは、ことのついでの戯れ言か。

それを真に受ければ、箱根の墓こそは本物やもしれず。いつか一緒に見にいこうと、これも果たせなかった約束を、ふと思い出して訪ねてきた。

国道一号線を芦之湯まで上っていけば、精進池まで遊歩道があるらしい。八百比丘尼の墓と伝えられる塚は、その池のほとりにあるという。路線バスも通っているが、そこは街中とは違って、本数が限られている。次が来るのを待つだけの時間もないではないが、その間に雨でも落ちてきては山道を歩くのに厄介だ。駅前でタクシーを拾うと、一息に芦之湯まで行くことにした。

温泉場で車を降りると、国道沿いのバス停の近くに、すぐそれと判る遊歩道の入口があった。ひとたび国道を外れれば、後は藪を潜るような、辺鄙な山道を辿ることになるものと予想していたのだが、何のことはない、舗装こそされていないが、整備のいきとどいたなだらかな小道が、国道に沿うようにして造られている。山歩きなどほど遠い、むしろ小洒落た散歩道という風情。少しばかり拍子抜けした気分のまま歩き始めると、間もなく曽我兄弟の墓と称される、古びた五輪塔が三つ並んだ小さな広場があり、そのあたりから道は下り坂となって、下りきった先には、国道を潜るようにして、コンクリートの隧道が穿たれている。その入口へ降りる左手は、火山岩が剝き出しの急峻な崖になっていて、岩肌には大小十数体の菩薩像が刻まれている。それらを見上げるようにして隧道に踏み入れば、内部が湾曲しているために、すぐには向こう側が見えず、思った以上に暗かった。

冷たい壁面を手探りする思いで短い闇を抜けると、再び巨岩が、今度は右肩に突き出すように聳え立ち、ここにも十体を超す菩薩像が、穴倉を抜け出してきた者を見送るように、彫り付けられている。

「その昔、この地は地獄と呼ばれていた」と、これは澪の云ったことではなく、旅の下調べにと、以前に彼が眼を通した文献の請売りで。確かに往時には、草木もまばらな火山性の土壌と剝き出しの岩ばかりが続く、殺伐とした風景が広がっていたのだろう。独り険しい箱根越えを目指して旅する者には、さながら地獄のとば口とも見えたに違いない。などと思いをめぐらしつつ、磨崖仏群の裾をぬけて歩みを進めると、やがて宝篋印塔（ほうきょういんとう）が一基道端に聳え、立て札に曰く、俗称多田満仲（ただのみつなか）の墓。またしても俗称。およそこの道なりの遺物には悉く、実体とは別に俗称が備わっているらしい。中世の山越え道ならいざしらず、いまは国道沿いの遊歩道。塚の一つ一つに謂れを重ねるのも、いささか芝居がかりな気もしないではない。もっとも、生憎の曇り空、辿る道には影もささず、すぐ上の国道を走りぬける車も稀とあっては、今も昔も殺風景であることに変わりはないか。ならば謂れも気散（きさん）じの足しというもの。

道は間もなく、雑木林に覆われた山々の懐に囲い込まれたような、小さな池のほとりに出る。これが精進池に違いない。遊歩道は池を右手に見下ろすように続いている。その中ほどに、上半分を欠いた小振りな宝塔がぽつりと一基。傍らに添えられた標札を見れば、これこそ「俗称　八百比丘尼の墓」。

四

澪の不吉な言葉にもかかわらず、彼はバカラのグラスを愛用し続けた。それを見るたびに彼女は辛そうな顔をする。それが彼を苛立たせた。ある夜、ついに我慢の緒が切れた。声を荒げて彼女のいわれのない怯懦(きょうだ)を責めると、何の異変もないことを証すべく、件のグラスに水を張って、一晩テーブルの上に静置してみようと云いだした。朝になっても、テーブルが濡れていなかったら、ひびなどありはしないのだ。すべては澪の気のせいにすぎない。彼女は気のすすまぬ様子だったが、彼の強い口吻に抗えぬまま頷いたのだった。

その夜も更けて、一度は寝入った彼が目覚めてみると、澪は布団の上に起き上がって、両手で耳を覆ったまま、じっと闇を見凝めている。

「どうした。眠れないのか?」

「聞こえるのよ。ガラスの軋む音が。耳に憑いて眠れやしない」呻くように応えて、首を横にふるばかり。

いつからこの女は、これほどまでに神経質になってしまったのだろう。心配ではあったが、朝になればことは明らかになるはずだ。それで彼女を安心させるしか手立てがあるまい。確信があっただけに、彼はそう考えて再び寝入ってしまった。

朝となって、早速テーブルの上に残したグラスを確かめると、何としたことか、グラスを満たしていたはずの水は明らかに八分目ほどに減っていて、周りには小さな水溜りが、ビニール引きのテーブルクロスに弾かれて扁平な球面を盛り上げ、そこに南向きの窓から差し込む冬の朝陽を蓄えたかのよう、グラスと一体のガラス細工かと見紛うばかりのきらめきを見せている。いつからそうしているのか、澪は椅子に坐って、おそらく一睡もしていないのだろう、すっかり隈のできた暗い眼でそれを見凝めていた。声をかけても、眼差しをわずかにこちらに向けるばかり。表情は硬かった。

グラスには傷ひとつ見えないというのに、水は確かに漏れ出したとしか思えぬように拡がっている。そんなはずはない。たぶん夜の内に、冷たいグラスの表面に結露が生じ、それが少しずつ滴り落ちて、周りに溜まったものだろう。「あるいは…」いけないとは思いながらも、彼は疑わずにはいられなかった。澪が起きてきて椅子に坐ろうとしたときに、それと気づかぬままテーブルを揺らしてしまい、グラスの水を零してしまったのではないだろうか。他には考えようがないではないか。しかし、それを口にしてみたところで、今の彼女は決して認めようとはしないだろう。結局彼は、この思いもよらない実験の結果に困惑しながらも、口を閉ざすしかなかった。

ことはそれだけでは終わらなかった。

さらに半月ほどたったある夜。仕事から帰った時夫は、晩酌がわりのカルヴァドスを楽しもうと、食器棚にグラスを捜しにいって、バカラにはっきりと判る傷がついているのを見つけた。何か硬い鋭角なもので垂直に突いたよう。縁がわずかに欠けて、そこから小さな傷がまっすぐ縦に一センチほど刻みこまれている。さして深い傷ではない。唇をつける場所さえ気をつければ、グラスとして使うことに支障はなかろう。しかし、その小さな傷一つで、つい昨日まで彼を堪能させてくれた優美なクリスタルのきらめきと感触は、永久に失われてしまったのだ。

彼は思わず大声で澪を呼びつけると、傷ついたグラスを示して糾した。彼女は何もしていないという。だが、グラスを洗って食器棚にしまったのは彼女ではないか。そのときに不注意で何かに当ててしまったのだろう。なぜ気がつかなかったのか。彼は詰問した。それでも澪は「あたしじゃない」とくり返すばかり。ついには涙を流しながら、悲鳴に近い声をふり絞るようにして、云い募る。

「だから云ったじゃない。傷は初めからあったのよ。それが少しずつ拡がって、見えるようになっただけなのに。どうしてあたしの云うことがわからないの」

彼は怒りで総身が震える思いだった。何という言い逃れを云うのだ。いつから、こんな強情な女になってしまったのだろう。感情に駆られるまま、彼はなおも怒鳴りつけ、問い詰める。しばらくは不毛な口論が続いたが、ついに女は貝のように口を閉ざし、頑なな沈黙の中に閉じこもってしまった。結局、彼は自分の感情を飲み込んでしまうよりなくなり、後にはただ深い落胆だけが残った。傷ついたグラスを自分で箱に戻すと、二度と澪には触らせないことにして、書斎の机の引き出しにしまい込んだ。

だが、それからも、毎夜、澪が眠るのを待って、彼はバカラを取り出しては眺めていた。昼間のうちに奇跡が起こって、傷が消えていてくれたら。埒もないこととは知りながら、夜毎そう願わずにはいられなかった。しかし、どんなに念じてみたところで、一度ついてしまった傷が消えるわけもない。完全な美は失われてしまった。しかもその傷は、一日中彼の脳裏につきまとって離れないのだ。仕事で忙しくしているときはいい。何か他のことに気をとられている間も忘れていられる。しかし、たとえどこにいようと、ふと気が緩んだ刹那にそれは意識の表に甦り、自分の手から失われたものを、彼はくり返し思い知らされることになるのだった。完璧な美しさを見せていたグラスの優美な姿は、まだ記憶にはっきりと残っている。その完全な美が、彼の元に来てわずか一月余りで傷つけられたことで、彼は自分がそれを所有することを否定されたようにさえ感じるのだった。喪失感だけではない。耐え難い屈辱に苦しんだ彼は、いっそ自分の手でバカラを割ってしまおうと考えた。それより他に、傷ついたグラスの呪縛から逃れる術を思いつかなかった。

次の週末を待って、時夫は自分の考えを澪に話した。そして、彼女にも立ち会ってくれるように頼んだ。午後の陽差しが明るいベランダに、古くなった毛布を敷き、その上に新聞紙に包んだバカラを置いて、彼は金槌をふり降ろした。思ったより鈍い音とともに、新聞紙の包みはひしゃげ、開いてみると、そこには、一塊のガラスの破片があるばかりだった。時夫は哀しかったが、しかし安堵もあった。これでもうあの傷を眼にすることはない。これからは、束の間この手の中にあった、完全無欠なグラスの姿と感触だけを、記憶の中にとどめるのだ。

「もう、バカラを買うのはよそうね」立ち上がりながら、彼は澪に声をかけた。

「そうね」黙って彼のすることを眺めていた澪は、気のない様子で返事をすると、グラスの破片を片づけ始めた。まだ外の風は冷たく、ベランダにしゃがみ込んだ女の背中が、ひどく寒そうに見えた。

その日から澪はますます口が重くなり、めったに話さなくなった。時夫には理解できなかった。彼女があれほど恐れ、嫌っていたバカラがなくなったのだ。もとの素直で快活な澪に戻ってくれるものとばかり思っていたのに、期待に反して、彼女の鬱状態はひどくなる一方だった。

そして次の週の金曜日、彼が仕事から帰ってくると、澪は消えていた。彼女の持ち物も全て持ち出されていた。もちろん捜そうとはしたのだが、今更のように、彼女の身の上について何も知らないことを思い知らされた。いずれは彼女が自分から話してくれるものと、しいてこちらから尋ねることをしなかったのが仇となった。ついに何も訊かぬまま、こんなことになってしまった。情けないことに、捜そうにも見当がつかないのだ。名前を聞いていたわずかばかりの友達に尋ねてみたが、いずれも彼女が話していたほど親しいわけではなかったらしく、役に立ちそうなことは何も聞き出せなかった。職場にも連絡してみたが、なんと、健康上の理由で三月も前に辞めたという。彼は何一つ気づいていなかった。彼女は毎日ちゃんと出勤しているものと思い込んでいた。現についこの間の朝も、彼と一緒に家を出たではないか。あの後彼女はいったいどこへ行っていたのだろう?

澪はどこへ行ってしまったのか、どこにいるのか、忽ち彼は捜しあぐねてしまった。手がかりは皆無に等しい。やがて春が来て、四年ぶりに独りで見ることになった桜のころには、すでに苦い諦めが、心の内に拡がっていた。

今となっては、悔いるばかり。もっと彼女の心の声に耳を傾けるべきだった。ずっと出会ったときの二人のままだと、勝手に思い込んでいたが、いったい何がそれほど彼女を苦しめていたのだろう。きっと彼女は無言のうちに、いくつもの徴(しるし)を示していたに違いない。その悉くを俺は見逃してしまった。そんな想いの堂々めぐり。途方もない自責の念に胸を塞がれて息も出来ず、何をする気にもなれない有様。そんな毎日がどれほど続いただろうか。そんなうちにも人は生き果たせるものだ。むしろ日常の反復に身を任せ、仕事に打ち込むことで、喪失感を紛らわせるしかなかった。何度己れに呟いたことだろう。

「澪、おまえのせいじゃない」

そのころから、不思議なことに、彼にも聞こえるようになったのだ。あの、かすかな軋む音が。澪を忘れるために、家に残っていたクリスタルを全て処分した後も、その音は彼の耳から離れなかった。

伍

時夫は思わず溜息をついた。

はるばる訪ねてきてみれば、何のことはない。苔生した、野晒しの、崩れかけた塚一つ。野の花一輪手向ける人もない有様とは、伝説の尼僧の墓と信じるには、あまりに侘しい風情ではないか。何やら肩すかしを喰らったよう、もはやこの先のあてもなく、しばしその場に佇むばかり。石塔の背後には、貧相な枝ぶりの木立越しに、池の面が広がっている。何と静かな池だろう。灰色の空の下、風もなく凪ぎわたる水面には、踊る陽差しのきらめきもなく、緑なす山の姿をそのままに映して、揺らぎもしない。「鏡のようだ」とひとりごちると、その静謐な美しさに心惹かれるまま、彼は水辺へと降りていった。

いくぶん水位が下がっているらしく、池の周囲には粘土質の湿地帯が出来ていて、それを辿れば、三十分もかからずにゆっくり水際を一巡りできそうに思われた。間近に見る水は、思ったよりも透明度が高く、浅いところでは底の様子がはっきりと覗える。だが、少し岸から離れると、ガラスを張ったようにほとんど流動性が感じられず、空の灰色と周囲の緑の諧調がそのまま広がっているばかりに見えた。靴底に纏わりつく泥土にくっきりと足跡を残しながら、水辺を歩いていくうちに、だんだんと足が重くなってきた。これはいかん、と思ったときにはすでに遅く、踝までぬかるむ泥に絡め捕られて、足が抜けなくなっていた。しかも、まるで底なし沼にはまったよう、もがくうちに、徐々に身体が沈みはじめる。さすがに恐ろしくなって、助けを求めようと叫んでみたが、誰が応えるわけもなし。ただ己の声の谺が、四方を取り囲む山肌を空しく駆け巡るばかり。あたりを満たす静寂はさらに深い。

悪戦苦闘の末、息は上がり、力も尽きかけたころ、山並みの彼方からか、あるいは自身の内耳の奥からか、さだかではないが鈍い軋みを、彼は確かに聞いたように思った。すると、それまで鏡の表にそっと置かれているようにしか見えなかった、近くの水面に浮かぶ小枝が、不意にぴくりと揺らめいたかと思うと、滑らかな粘土質の表面を見せていた足元の泥土に、俄にひび割れが拡がり、やがてその裂け目から水が溢れ始めた。器の底が抜けたよう、見る間に水は勢いを増し、漣さえ立たぬかと見えた水面は打って変わって、いまや沸き立つように拡がっていく。水嵩は増して、たちまち彼の足元を呑み込み、なお止まる様子もない。身動きもならぬまま、今度は溺れる恐怖に悲鳴をあげた。

呼ばわる谺に唆されたか、山上から駆け下った霧が、あっという間に狭い谷あいに立ち込め、視界を奪う。水はすでに胸元まで迫っている。両の足は水底の泥に絡め捕られたまま、泳ぎ出そうにもままならない。愈々これまでか、と思われたとき、ふと、白い靄の向こうに、黒々とした大きな影が現れた。影は古びた木の小船となって、音もなく近づいてくる。もう少し。もう少しで手が届く。一切の望みを刹那に込めて、彼は力の限り腕をのばし、船べりにしがみついた。その手首を、冷たく柔らかな手が摑むや、思いもかけぬ力で、引き上げる。肩が抜けるかと思われたが、一瞬の勢いに靴こそ失ったものの足も自由になったらしく、気づいたときには五体そろって船の上。命の恩人を確かめようと面を上げれば、そこにはなよやかな女人が独り、薄紫の小袖姿も艶やかに端座しているばかりであった。

「あなたが助けてくれたのですか」

「たいそうご難儀のようでしたから」

よく見れば、まだうら若い娘のよう。しかしその声には凜とした張りがあった。

「ありがとうございました。危うく溺れるところでした」

「お気になさいますな。どうせお迎えにあがったのです」

お迎え、とは思いがけないことを聞くものだ。何の由縁で、と問うそばから、櫂もなく、漕ぎ手もないままに、船は水面を滑り出す。女はいらえず、ただ穏やかな笑みを浮かべてこちらを見ている。長い髪を後で束ね、ほの皓い額を見せるその面には、まだ幼ささえ残るよう。それでも切れ長の深く澄んだ眼差しには、どこか見覚えもあるような。

二人を乗せた小船は、霧の懐に抱かれたまま、今は静かな水の上を、どこへともなく進んでいく。しばらくして、ようやく霧が薄らぐと、あたりはいつの間にか広大な湖面となっており、遠く連なる深山の影は、なお靄にかすんで、幽玄な風景をくり展げていた。

「ここはどこです。どこへ行こうというのですか」

思わぬことの成り行きに、身内にこみ上げる不安を隠しきれず、重ねて問えば、女は莞爾(かんじ)としてくり返すばかり。

「お迎えに来たと申し上げたじゃありませんか。あなたの望まれたお方がお待ちです」

　澪の面影が脳裏に浮かんだ。彼女が俺を待っているというのだろうか。この娘は澪の使いだと云うのか？　それでも昂ぶる気持ちよりは、なお虞（おそれ）のほうに気圧されて、「ここはもしや、黄泉の郷」とつい口をついて呟いたのだが。

　聞きつけた女はホホと声を上げて笑うと、

「それは西方のこと。われらは北へ参りましょう。名はございません。ただ、あなたが望まれたところ。恐れることはありません」

　あくまで声は穏やかに、しかしきっぱりと答えた。

　こころなしか船足も上がった様子。走る景色はしかし、岸辺から寄せる靄に再び遮られてしまった。もはや身を任せるより他はない。心を決めた途端に疲れが出たか、いつしか水に揺られるままに、ついうとうとと…。

陸

　身の丈に余る葦の原をぬけ、藪を潜るようにして、道は続いていた。黄昏が近いのだろうか、薄闇の中、小石に躓き、ぬかるみに足を取られながら、細い一本道を辿っていく。すでに人の世は去り、その後に甦ったものか、茫々たる原野を、どこへ続いているのかも知らぬまま、しかし不思議と引き返そうとは思わない。心細くて途方に暮れそうになるのだが、虞（おそれ）の向こう側への、なお止み難い憧れが、足を急がせる。どれほど歩いただろうか、やっと見つけたものはといえば、門も鳥居もない、葦葺きの粗末な堂がひとつ。縁側までのびた下草に埋もれかけた、その階が道の終わり。

せめて一休みしようと足をかけた途端に、すでに朽ちていたのか、踏み板がいやな悲鳴をあげた。縁側に上がって、戸の隙間から中を覗う。よくは見えない。それでも、中に誰かいるのだろうか、どうやら灯りが点っているようだ。ままよ、思い切って戸を引き開けた時夫は、その場に立ち竦んだまま、声を上げずにはいられなかった。

三間四方のよく磨かれた板敷きの、四隅に立てた灯明が照らす堂内は、いかにも年季の入った、いまは生成りとしか見えぬ白壁に、すっかり煤けて黒ずんだ柱が影を落とし、天井板は思ったより高いのか、頭上の闇に半ば沈んで、木目の様も覚束ない。そんな茫とした明るみの中に、草いきれに匂い立つような浅葱色の緞帳をかけ渡した衝立を背に、床に敷いた緋の毛氈に置いた小机を前にして、捜し求めた面影の、まさにその人が坐っていた。巫女のような白の小袖に朱の袴、その上から玉虫色の錦の羽織をまとった、いささか奇態な装束にもかかわらず、白無垢の練絹（ねりぎぬ）かけた卓の上に置かれたランプの明かりに、そこだけくっきりと浮かび上がった面差しは、見紛うはずもない。

「澪！」

「お久しぶり。こんな遠くまで、よく来てくださったわ」

女は彼の到来を知っていたように、驚いたふうもない。屈託のないその声に、彼のほうでも安堵を覚えた。とはいえ、ようやく会えた歓びは容易に表しようもなく、歯痒いかな、口をついて出るのはありきたりな言葉ばかり。

「ずいぶん捜したよ。すっかり元気そうだね」

そう声をかけながらも、女の顔色がいくらか蒼ざめて見えたのは、化粧気のない頬や唇元のせいか。しかし、懐かしい笑顔に翳りはなかった。

「お陰さまで。あなたのほうはひどい格好ね。泥だらけだし、ひどく疲れてるみたい」

「ああ、正直くたくたなんだ。すっかり疲れちまった」

「あたしは、ほれ、このとおり、辻占いと洒落てみました。似合うでしょ」

得意げに少しおどけてみせる物腰は、ともに暮らし始めたころの彼女のままで。

「さあ、そりゃどうかな」ここはうっかり本音がもれた。

「やっと会えたのに、ご挨拶ね。まあ、いいわ。お掛けなさいな。あなたの運命見てあげましょう」

といっても卓の上にあるものは、ランプの他には、白磁の水差しと椀が一組。玉もなければ、筮（ぜい）もなく、よく見る占いの道具は一つとして見当たらない。手相でも見る気かしら、と訝る彼の気配には頓着せず、

「そうそう、その前に…」と呟いて、女は懐から何か光るものを取り出した。

「あなたにこれを返さなくちゃね」

　差し出すのを見れば、あのとき割ったはずのグラスではないか。姿形はそのままに、だが、はっきりそれと判るいくつものひび。あのとき彼女は、かけらを捨てずに持っていたのか。

「繋ぎ合わせたのかい？」

「そう、ちょっと手間だったけどね。だって、同じでしょう。どうせ初めからひびが入っていたんだから」

　そう云うと、何を思ったか、女はグラスを机に叩きつけた。

　何をするんだ、という間もなく、グラスは砕け、破片を避けようと手を翳した彼の目の前で、一瞬にして水の滴となって、卓一面に飛び散った。驚きに声も出ぬ態の彼をよそに、落ち着きはらって女は云う。

「形のあるものは皆、壊れるのよ。辛いでしょうけど、仕方がないの。あたしは何度も見てきたわ。人は見ようとしないけど、出来上がったときから、崩壊は始まっているのよ」

飛び散った水は、練絹の表に弾かれて珠をなし、女のしなやかな手で集められ、白磁の椀に移された。その間も、彼女は諭すように言葉を接いで、

「でもね、壊れたからといって、全てが失われるわけではないの。眼に見えるものが全てじゃないし、今ある形が唯一の姿でもない」

水を集めた椀を片手に、女が差し出すもう一方の手を見ると、グラスを割ったときに傷つけたのか、指先に小さな血の雫。思わずその手を取ると、女はそのまま男の手をぐっと袂に引き寄せて、いきなり人指し指の先を噛んだ。痛みはほんの刹那のこと。それでも、思いの外の深手となったか、血は滴って、一滴、二滴。それを白磁の椀の中へと受ける女の指先には、すでに血の跡は見えなかった。

女の眼差しに促されて椀の中を覗けば、血を受けた水は見る間に固まり、慣れた手つきで彼女がそれを取り出すまでには、何と見事、薄紅色のビードロの盃となっていた。

「どう、上手でしょう。素敵な色じゃない？」

渡されるままに受け取って、ランプの明かりに透かしてみれば、澄んだ光沢のある肌理の向こうに、初めて出逢った日と同じ、忘れられないあの笑みが。その唇になお残る血の跡が、紅に代わって艶を添え、瑪瑙の玉もかくやとばかり濡れ光る。その美しさに見惚れていると、女は水差しを取り上げて、声をかけた。

「咽喉が渇いたでしょう。美味しいお水をご馳走するわね」

たしかに、昼から飲まず食わずでここまで来た。一杯の水でもありがたい。手にした盃を差し出せば、女はそれを受け取って、なみなみと注ぎ、指先で唇を拭ってから、確かめるように自ら一口含むと、莞爾と笑んで、彼にも勧める。同じ盃から、渇きに任せてぐっと呷れば、美味甘露。ただしかし、わずかに口に血の味が残った。

「惜しいな。血の味が混じってしまった」

その言葉を待っていたのか、じっと彼の眼を見凝めて女が云う。

「あら、どちらの血のことを云っているの?」

男に見せようと差し出されたその指先には、再び血の雫が。

「わからない人ね。それがわたしの命の味なのに…」

急に女の声が遠くなる。どこから吹き込んだか冷たい風が、彼の頬をかすめて灯明の炎を揺らす。その影に揺さぶられたか、頭上の梁が悲鳴のような軋みを上げる。はっと見返す彼の眼に、女の瞳は何も語らず、いつの間にかあたりのもの全てが揺らめき始め、胸の奥が押し潰されるような苦しみに、息が詰まる。

遠のく意識の奥底に、ただ声だけが、かすかに残った。

「嬉しいわ、これでずっと一緒。同じ運命を分かち合うのよ」

いつの間にか眠ってしまったようだ。目覚めると、見慣れた列車に揺られていた。夢を見ていたような気がする。それとも、あれは現実の記憶だったのだろうか。いま現に眼に映る世界は、夢の中の世界と少しも変わらないように見える。疲れきった様子の乗客たち。窓の外に広がる、荒廃の兆しをはらんだ街並み。かすかに軋む音。少しずつ歪み、壊れていく世界…。その音をずっと聞き続けていたような。

列車が速度を緩め始めた。もうすぐだ。次の駅で降りなければ。

花散る街

花のいろは昔ながらに見しひとの
　心のみこそうつろひにけれ

I

春の宵に誘われたのだろうか、阿木裕市は会社帰りの山手線を、一駅手前の目白で降りてしまった。目白から自宅のある池袋まで、一駅歩くのもいい散歩だ。

ホームから階段を上がって駅舎を抜け、改札を出ると目白通り。右へ行けば学習院。その先の千登世橋で明治通りを越え、左に降りていけば雑司ヶ谷界隈。目白というと、閑静なお屋敷町と思われがちだが、それは目白通りを左へ行った旧徳川邸、上り屋敷のあたりや、駅の裏手を下っていった落合へかけてのこと。駅前で通りを渡って、そのまま目白橋と名付けられた陸橋のたもとから、線路に沿って歩いていけば、街の趣もおのずと違う。ひところは彼にとってても歩き慣れた、池袋へ向かう道。

池袋方向から一方通行で車が抜けていく細い道だが、左側にはしばらく洒落た店が続く。フランス料理屋にタイ料理屋、キッシュの専門店にカフェバー、衣料品のブティックやオーダーメイドの靴店、声優の養成所まである。右側は金網のフェンスが続き、その下は山手線の線路。線路の谷を越えた向こう側は、高い建物もない住宅地で、灯りも少ない。その先に池袋の高層ビル群が、ひときわ明るく屹立している。

少し歩くと店並みも途絶え、こちら側の道も対岸同様寂しい夜道となる。人通りは多くないが、車は思いのほかよく通る。一本道なので、だいぶ先からヘッドライトが近づいてくるのが判る。フェンスにへばりつくように身を避けるのは気がすすまないので、自然と左に寄って、すれ違う車をやりすごす。

四月の初めとはいえ、日が落ちるとまだ肌寒い。朝出がけに、妻の忠告を入れて、冬物の背広の上に薄手のコートを羽織ってきたのは、彼にとって幸いだった。昼食のためにオフィスを出たときには、ずいぶん風もぬるんだようで、コートは余計だったと感じたものだが、こうして酔狂にも寄り道を始めてみると、どうやら妻に感謝しなければならない。

そんなことを思っているうちに、道は西武池袋線の高架にさしかかる。鉄道の立体交差。どちらも先では池袋駅に繋がるのだが、ここでは西武線が山手線の上を斜めに横切っていく。列車の近づく音にふり返ると、あたかも、両方の列車がほとんど同時に池袋方向へと近づいてくる。と見る間にひとしきり轟音とともに上下の列車が走りすぎる。鉄道ファンならば、少しは胸躍る風景なのだろうが、彼は西武線の高架にほぼ平行して作られている歩道橋のことを考えていた。階段だけでなく、エレベーターまで備えた歩行者専用の陸橋で、山手線の対岸とを結んでいる。

「これを渡れば、五月の住む町だ」と彼は声には出さず、ひとりごちる。

望郷に似た想いが、胸の中にこみ上げる。そう、彼女の住む町は、思いのほか近かったのだ。それを初めて知らされたときの秘かなときめきが、ふと甦る。

一度だけ、彼は五月とこの橋を渡ったことがある。あれからもう十年。いやもっとだ。彼がまだ四十五歳になる前だった。今も彼女は、この橋の向こうに住んでいるのだろうか？　久しぶりに、橋を渡っていきたい思いに駆られる。そのとき、陸橋の上り口の向かい側、彼がちょうどその前に佇んでいる、瀟洒な洋風の建物のネオンサインが、彼の思いを遮るように点灯する。

道に面した、一階のフランス料理屋の戸口の上に、筆記体で綴られた店の名が緑色に光っている。Rue de Varenne（ヴァレンヌ街）。パリに実際にある通りの名前だ。彼の脳裏に、さらに遠い記憶が甦る。セーヌ左岸、たしかアンヴァリッド（廃兵院）からロダン美術館の裏を通ってラスパイユ通りへ出る道だった。若い頃に何度か訪ねたパリの街並み。

なぜあの通りの名を店名にしているのかは知るよしもないが、通りの名よりもよく知られたヴァレンヌという地名が、惨めな失敗に終わった逃走劇を彼に思い起こさせた。

橋を渡ったからといって、時を越えられるわけではない。橋やトンネルの向こう側に、別の世界を夢想するには、俺はもう歳をとり過ぎた。いまさら何も見つかりはしないさ。苦笑いを浮かべると、彼は再び歩き始める。それでも、思い出してしまった女の、ほのかに煙草のフレーバーが残る唇の感触は、容易に彼の意識から去らないだろう。

フランス料理屋を最後に、左側は商店の灯りが絶える。そのまま線路沿いに道をたどると、やがて道は左に逸れるようにして線路から離れ、右側にも家並みが現れる。現れた家並みは飲食店で、左側にも商店が何軒か続く。そしてまた閑静な住宅地。このあたりまで来ると、池袋の高層ビルはずっと間近になり、右手前方に聳えている。

道は正面に見えるマンションに突き当たって、左右に分かれる。右の道は細い路地。この道を行くと左に保育園があり、そのすぐ先で線路に突き当たる。突き当たって左に折れ、そのまま行っても池袋のメトロポリタンホテルに面した国道に出るが、途中からさらに細い路地を左に入りこむと、今では珍しくなった、木賃と呼ばれるような、古ぼけた安旅館が並ぶ一画を通ることになる。「まだ残っているんだろうか？」彼はひとりごちる。この路地を教えてくれたのも五月だった。

「ね、面白いでしょう？」嬉しそうに弾んだ声で彼女は云った。「いまどきこんな古い旅館が、こんなところに残ってるなんて。周りは静かな住宅街だし、池袋のビル街はすぐそこだし、ちょっと想像できないじゃない」

　彼女はガイド役よろしく、彼にこの安旅館を見せるために、わざわざこの路地を選んだのだ。あのときの、ちょっと得意気な五月の笑顔は本当に可愛かった。

「ねえ、ちょっと泊まってみたくない？」彼女は続けてそう云ったのだが、彼を見凝めるその表情は、台詞に似合わず、子供のように素直な表情だった。何の作為も媚もない笑顔。五月はそういう女だった。

　あの夜、池袋のホテル街から雑司ヶ谷へと二人でたどった道を、逆に歩いてみようか。そうも思ったのだが、いや、それはまたいつかにしよう、と彼は思い直して、突き当たった道を左に曲がった。少し行くと道は鍵の手に右に折れる。そのまま進むと、間もなく左側に婦人之友社。その角を左に曲がると、池袋界隈には珍しい石畳の路地になっている。路地に入るとすぐに、目的の光景が現れた。五月の思い出をふり切って、彼が選んだ光景。

　街灯に照らされた石畳のまっすぐな路地が、いつもとは違う色合いに照り映えている。右側の旧自由学園明日館、その庭に沿って植えられた桜並木、その満開の花の色が、街灯の光を受けて、ほんのりと淡いピンク色の暈（かさ）を、あたり一面に広げているようだ。晴れた東の夜空には、少しばかり火照ったような色合いの望月が低くかかっている。路地の向かい側から桜を見上げて、彼は思わず呟く。

「月夜に舞い降りた羽衣のようだ」

一列に並んだ桜の向こうには、手入れの行きとどいた芝生が広がり、さらにその向こうには、フランク・ロイド・ライトの設計による明日館が、吹き抜け二階建てのホールの三角屋根を真ん中にして、平屋の両翼を左右に広げた佇まいを見せている。桜の花越しに見る大正末期の石造りの建築には、格別の風情がある。ましてライトのデザインとなれば、なおひとしおというものだ。

普段から、昼間は有料で見学者に開放され、キリスト教系のカルチャースクールに利用されたりしているのだが、花見のシーズンには夜間も開放される。入口でチケットを買って入れば、建物の内部をゆっくり見て回ることができるし、ホールとその上の食堂では、お茶やワインも振る舞われる。今夜も、すでに路地には花見の人だかりが出来ていて、携帯電話のカメラでさかんに写真を撮ったりしている。ホールのステンドグラスに映る影が中の賑わいを窺わせ、正面の庭に続くテラスや芝生の上にも、人が出ているのが見える。

彼もしばらく路地を歩きながら桜を楽しんでいたが、チケットを買って中へ入ることにした。グラスワインつきの券を買い、芝生の庭を左手に見ながら、右側東翼の入口へ進む。中に踏みこむまでもなく、入口の外灯やドアのデザインから、ライトの独特の意匠にあふれている。しかも、もともと自由学園という子供達のための学校だったので、下駄箱もロッカーも、教室の机や椅子も、すべてライトのオリジナルのデザインながら、子供用の寸法に作られている。小学校の教室に入りこんだようなものだ。一九二〇年代にタイムスリップして、当時最もモダンな建物の中から眺める満開の桜。周囲にある什器のサイズの違和感と相俟って、単なるノスタルジーではない、何か異質な世界に入りこんだような、奇妙な感覚に捉われる。

東翼の教室を見ながら廊下を進み、吹き抜けのホールに出ると、フロアーのあちこちに並べられた子供用の椅子に、大人達が腰を降ろして、お茶やワインを片手に、二階まで通しの大きな窓から花見を楽しんでいた。彼はホールの奥に設えられたマントルピースの脇の階段を上がって、二階の食堂へ出た。そこで半券と引き換えにワインを受け取る。人の多いホールへは降りず、食堂の隅のテーブルでワインを楽しんだ。花は見えないが、意匠を凝らした食堂の内装を眺めながら、静かにワインを味わうのも悪くない。しかし、やはり子供用の椅子は座り心地が悪く、桜色に見立てたロゼのスパークリングワインは、彼の口には甘すぎた。

「変わってないな」彼はひとりごちる。彼がここへ来るのは初めてではない。前にも一度、花見に来たことがある。五月と出会うもっと前のことだ。

ワインを飲み終えて、グラスをカウンターに返すと、彼はホールへ降りていった。

階段を下りきってホールに立ったとき、窓の外に広がる桜の花の色が、彼の眼に飛び込んできた。一瞬、目眩（めくるめ）くような感覚に襲われる。不快ではない。ただ、遠い昔、彼がまだ若かった頃に、何度か感じることができた、向こう側の世界への扉が開こうとするときの予感。この表象の世界を越えて、万象の実相が開示される世界へと踏みこむ感覚。あの感覚を、ほんの刹那、彼は思い出したのだった。

だが何も起こりはしない。白熱の時はとうに過ぎてしまったのだ。長く胸に秘めてきた、人智を越えた認識の世界への憧れも、いまは失せてしまった。一歩踏み出したとき、彼はもう別のことを思い出していた。あの夜、ここで一緒に花を眺めていた、もう一人の女のことを。

あの夜、紫色の春物のコートを羽織った彼女と、並んでホールの椅子に座っていた。四月にしては寒い晩だったので、暖かい屋内からの花見は快適だった。彼はワイン、彼女は熱い紅茶を飲んでいた。細身で上背のある彼女が、長い脚をちょっと不自由そうに曲げて、小さな椅子に座っている様子が、色皓で化粧気のない彼女を、いつにもなく子供っぽく見せていた。

「本当にいいお花見を教えてもらったわ。ありがとう」彼女は云った。

二重のくっきりとした大きな眼で、嫣然（えんぜん）とした笑みを浮かべてこちらを見ている。その唇を奪いたい衝動をこらえて、「それはよかった」とだけ応えると、彼は窓の外へ眼を戻した。

　彼女がお茶を飲み終えるのを待って席を立つと、二人は西翼の廊下を歩いて出口へ向かった。途中で彼女が、用を足しに行きたいと云いだした。出口の手前、廊下を右に降りたところに化粧室があることを教えると、彼はそちらへ向かおうとする彼女に声をかけた。

「ねえ、紫音」

　振り向いた彼女の耳元に口を寄せると、彼は早口に囁いた。「下着を着けずに戻っておいで」驚いたようにこちらを見返す彼女を、彼は視線だけで促す。わずかな躊躇いの後、彼女はかすかに頷いて階段を降りていった。

　西翼の玄関で待つ彼のもとへ戻ってきたとき、彼女の頬はかすかに上気していた。それで彼女が云われたとおりにしたことが判った。二人がこういう悪戯をするのは、初めてではなかった。よくやったね、と眼で伝えるように笑顔で彼女を迎えると、彼は女の手を牽いて、外へと連れ出した。

　敷石づたいに庭を抜け、明日館の敷地の外へ出て路地を渡ると、向かい側に旧自由学園の講堂がある。昭和二年に、ライトの高弟であった遠藤新の設計により建てられたもので、これも当時としては斬新な、昭和モダンを感じさせる建物だった。中に入ると、こぢんまりして派手さはなく、プロテスタント系の教会を思わせる造りになっている。こちらは普段から室内楽のコンサートや、演劇の公演に利用されており、花見の期間は特に催し物がなくても一般に開放されている。

講堂の中へ紫音を案内した彼は、客席に並んで腰を降ろしてみたり、グランドピアノが一台おかれたステージへ上がって客席を眺めてみたり、他にも何組かいる見学客にならって、彼女に建物を見物させていたが、その間もずっと、密かな欲望に駆られていた。入口の裏手にある狭い木の階段を上り、舞台と向かい合うように造られた、張り出しの二階席へ上がったのも、その実現を期待してのことだった。しかし、残念ながらそこにも先客がいた。女性同士のグループと、年配の夫婦と思しき二人連れが、客席のところどころに座って寛いでいる。彼女と二人きりになれる見込みは立たなかった。

そこで彼は、二階席への上り口の横にある狭い階段を、さらに四、五段上がったところにある、外のテラスへ出るための木戸に目をつけた。木戸は閉まっていたが、鍵はかかっていないように見えた。紫音を誘って木戸の把手を回し、少し力を入れて引いてみると、ドアは難なく開いた。頭をかがめるようにして低い扉を潜ると、花崗岩で造られたオープンテラスに出た。テラスといってもひどく狭くて、大人が二、三人立つともういっぱいになるくらい、中世の城塞によくある物見台という感じだった。これなら後から上ってこようという人がいても、彼らが降りるまで待たねばならないだろう。しばらくは二人だけになれる。しかもこのテラスは、さっきまで見上げていた桜並木の全体を、ちょうど見下ろせる場所になっていた。

「素敵、ここからの眺めが一番じゃない！」紫音の声も弾んでいた。

確かにそうだった。テラスの胸壁に凭れるようにして、桜に見惚れている彼女の後ろに立つと、ショートヘアの彼女の肩越しに、暗い石畳の上に覆いかぶさるように広がる、妖艶なばかりの桜の花邑が見渡せる。その左奥には、ライトアップされた明日館が、敬虔で穏やかな佇まいを見せている。この上なく美しい春の宵の眺めだった。冷ややかな夜気が、自然に二人に身を寄せさせる。携帯電話を取り出して夢中で写真を撮っている紫音に、彼は声をかけた。

「こっちを向いてごらん」

何？というように、彼の腕の中で振り向いた彼女に、やや上気した微笑みを見せて、彼は片手で女の紫のコートの肩を押さえ、もう一方の手をコートの裾の合わせ目から差し入れた。その下のスカートの裾も捲り上げるようにして、さらに内部に進むと、指先で内腿をたどって両脚の付け根に触れた。彼の動作は素早く、躊躇いもなく、彼女に拒む暇を与えなかった。彼女が普段からガーターを愛用していることは知っていた。今夜も期待どおりだった。彼の指先は直接柔らかな体毛と秘められた肌の熱に触れ、その奥のあわいがしとどに潤っていることを確かめることができた。

「阿木さん、だめ！」

　小さく叫んだ女の口を、今度こそ彼は自分の唇で塞いだ。言葉とは裏腹に、彼女は唇づけを拒まない。やがて二人の舌が触れ合い、絡み合う。彼は女の服の下から手を抜くと、両手で軽く女を抱き寄せた。

　ようやく唇が離れたすきに、女が囁く。

「下から見られてしまうわ」

「いいさ」

　蒼白の頬を赫らめ、情欲に眼を潤ませた女の顔の向こうに、なおも眩き（くらめき）を誘うように桜の花が。

「でも、誰か上がってくるかも」

　云いつのる女の声を無視して、再び唇を重ねようとしたとき、背後で木戸の把手の軋む音がした。そちらへふり向こうとした刹那、冷たい夜風に花びらが舞い、二人のいるテラスへも一ひら、二ひら。そのとき、不意に彼女が口にしたのだった。

「あのね、あたしのうち、桜の花びらが吹き込む部屋なんです」

Ⅱ

「面白いところへ連れてってやるよ」

阿木裕市が初めてその店を訪れたのは、長年の悪友からの、そんな誘いに乗ってのことだった。有楽町にほど近い、泰明小学校の裏手にある古いビルの地下。狭い階段を降りきって、重い木の扉を開けると、中は赤と黒を基調にしたスタイリッシュな内装の、スナックのような造りの店だった。左手はカウンター席、右側は壁に沿って設えられたソファに向かい合うようにして、テーブル席が並んでいる。二十人も入ればいっぱいというところだろうか。細長い造りの店の奥には、小さなステージが造られていた。

悪友と並んでカウンターに落ち着くと、ほどなく年配のママさんが声をかけてきた。友達のほうはすでに馴染みらしく、簡単に阿木のことを紹介すると、ママは彼に莞爾と微笑み、慣れた様子で声をかけた。

「いらっしゃいませ。どうぞご贔屓に」そして、ひと言つけ加えた。

「田中さんのお友達なら、心配ないわね」

飲み物の注文を聞いてバーテンに伝えると、他の客に呼ばれてママはその場を離れた。どういう意味だ、と問うように阿木は悪友の顔を見た。彼は少しばかり意味あり気に笑うと、説明してくれた。

「ここはさ、一応会員制クラブになってるんだよ」

なんでも、ここは様々な性的嗜好を持った客の集まる店で、外では大きな声で話せないようなことも、ここでは心置きなく語り合えるのだそうだ。それだけではない。毎週のように、様々な企画でイベントが行われていて、ライブのショーを楽しんだり、嗜好の合うパートナーとの出会いを求めたり、それぞれの目的で客は集まってくるのだという。公にできないような、きわどい内容のショーやイベントもあるので、店と客の安全のために、一見さんお断りの会員制にしているのだった。

「といってもね、ママさんに顔を覚えられて、気に入られれば、それで会員なのさ」

そこまで聞いて、改めて店の中を見回してみると、なるほど、所々に煽情的な絵画や写真、小物などが飾られている。阿木としては好奇心半分、妙なところへ連れこまれてしまったという面倒くさい思い半分で、あまり居心地はよくなかったのだが、せっかくの機会だし一晩くらい、と腹をくくって、何が始まるのか様子を見ることにした。

最初に頼んだ生麦酒（ビール）が空いて、二杯目のジョッキも半分ほどになったころ、ママさんが気を遣って声をかけたらしく、テーブル席の客についていた若い女性が、田中の隣に移ってきた。

「田中さん、お久しぶり」

「あれ、きょうは詩乃さん出る日だっけ？」

「最近シフト変わったんです」

若いといっても、二十七、八あるいは三十歳というところだろうか。女性にしては背の高いほうで、手足の長いすらりとした身体に、黒のタイトなパンツと、ゆるやかな袖ぐりの、薄いピンク色のプルオーバーが、よく似合っていた。

襟足がやっと隠れるくらいの栗色の髪に、色皓で面長の整った顔立ち。美人には違いなかったが、何よりも阿木が興味を覚えたのは、その顔にまったく化粧気がないことだった。化粧していなくても、大きな切れ長の眼は充分に印象的だったし、あまり高くはないが、まっすぐ通った鼻筋といい、その下の形のいい薄い唇といい、大人の女性らしい色気を感じさせる。口紅さえ塗っていないのに、自然の血色でくっきりと色づいた唇のあわいから、笑うたびに皓い歯が覗くのだった。決して地味な顔ではない。むしろ自然な美しさが引き立って、品のいいコケットリイを感じさせる女だった。

三人で他愛のない話をするうちに、今夜のショーの時間が近づいてきた。仕度があるから、と云って女は席を立っていった。やがて店内の照明が落ち、真っ暗闇の中でビートの効いた音楽が響き、スポットライトが奥のステージを照らし出す。いつの間にかステージの中央にポールが立てられていて、そのポールに身を絡めるようにして、薄物の衣装を纏った女が立っていた。衣装とメイクのために、だいぶ印象が変わっていたが、さきほどまで彼らの隣に座っていた彼女に間違いなかった。

彼女は十五分ほど見事なポールダンスを披露して、次の踊り子と変わった。阿木は彼女の引き締まった、しなやかな肢体と、その躍動にすっかり見惚れてしまった。先ほどまでの自然で磊落な雰囲気の彼女と、ステージでの煽情的で、むしろ攻撃的な雰囲気さえ醸し出す肉体の迫力の対照が、彼の官能を強く牽きつけたのだった。

初めはもちろんただの客だった。彼女の勤めている店に飲みにいき、愛想を使われて、お喋りを楽しむ。たいして面白くはなかったが、そういう馴染みの店を一、二軒持っておくことは、仕事にも役に立った。そのうちに彼女の目指すところが女優であり、現在はプロのダンサーとして、あちこちのショーの舞台に立っていることを知った。ショーといってもライブハウスやショーパブで上演される、かなり官能的な出し物が多かった。初めて出会った晩のステージもその一つだった。そのステージで彼女に惹かれた阿木は、誘われれば、仕事の都合のつく限り、彼女の舞台を観に行くようになった。そうするうちに、彼女が詩乃の他にもいくつかの源氏名や芸名を持っていることを知った。行く先々で違う名前で呼ばれる女。そのアイデンティティの不確かさも、彼には新鮮な驚きだった。彼女はいったいどういう女なのだろう？

何回目かに、前衛的な劇団の公演に出演する彼女を観る機会があった。演劇と舞踏の共演による舞台で、出演者の何人かはほとんど全裸で登場する場面があった。阿木は初めて彼女の裸体を観た。贅肉のないしなやかな肉体が、音楽に合わせて切れのいい動きを見せる。全身の筋肉が、照明を浴びて輝くなめらかな肌の下で複雑な動きを見せ、激しい躍動からゆっくりとした所作に移ると、指先から爪先まで、寸分の隙もない繊細な動きを見せる。そうした合間に、アクロバティックな姿勢のまま静止する数秒には、全身が女体のみが持つ曲線のはりつめた連続となって、その美しさを不動の彫像のように維持するのだった。しかも、そうした一連の動と静の流れには少しの固さも淀みもなく、まるで演出や振付などではなく、本能のままに踊り続けているかのように見えた。「神の傀儡（くぐつ）」、踊り続ける彼女に魅入られながら、彼の脳裏にはそんな言葉が浮かんでいた。

初めて眼にした彼女の裸身に魅入られたのか、あの身体に触れてみたい、この手の中に捉えてみたい、そんな欲望が彼の官能を掻き立て、彼女への興味に拍車をかけた。しだいに店で会うよりも、舞台の彼女を観に行くほうが多くなっていった。馴染みの上客と見なされるようになったのだろう、間もなく彼女は阿木にメールアドレスを教えてくれた。メールのやり取りが始まる。阿木の予想に反して、彼女は営業メールの類はほとんど送ってこなかった。出演する舞台の情報は、彼のほうから頼んだこともあって、まめに送ってくれたが、そのうち楽屋へも顔を出すように誘われた。ある晩思いきって夜食に誘うと、驚いたことに、彼女は嬉しそうについてきた。

阿木がパトロンになるほどの甲斐性のある男でないことは、解っていたはずだ。彼は最初から、自分はただのサラリーマンだと名乗っていた。それでも、何度か飲みにいったり、食事をしたりするうちに、メールのやり取りは日常になり、向こうからも誘ってくるようになった。彼の年代の男の常識として、どちらから誘ったにせよ、仕事の付き合いでもないかぎり、女には一切金を使わせない。それが、彼の甲斐性としては、せいぜいのところだった。

独り身のまま四十歳を迎えて、阿木にはいまだに結婚への強い思いがなかった。外資系商社で管理職になっていたので、普通に生活していくには充分な収入がある。多少贅沢な遊びに金を使っても、なお幾許かの貯えを残していくくらいの余裕はあった。もう少しこの自由を享受していたい、という思いのほうが強かった。

とはいえ、中年の独身男。彼の年代では大柄なほうだろう、身長は百八十センチに少し欠けるくらい。鼻は高いが眼は細く、近眼なのだが、いまどきコンタクトレンズにもせず、眼鏡をかけている。スポーツマンタイプではない。よく教師や学者に間違えられるが、もちろんそれほどの英才ではない。今の会社に移る前は、日本のメーカーの国際部に勤めていたので、三十代の半ばまでは欧州や東南亜細亜を駈けずり回っていた。そのおかげで英語とフランス語が使えるのが、取柄といえば取柄かもしれない。がっしりした体形だが、最近腹周りに贅肉が溜まり始めた。自分でも気になっているのを、長身を幸いにごまかしている。髪はまだ薄くなっていないが、そろそろ白髪が目立ち始めていた。

そんな自分が、本気で彼女に相手にされているとは思わなかったが、十歳も若い女と個人的に近づきになれたのだから、悪い気はしない。そのうちに、振られても元々という覚悟で、それとなく口説き始めた。いつも思わせぶりな答えではぐらかされていたが、不思議に愛想をつかされるでもなく、付き合ってはくれる。そんな彼女との駆け引きも、それはそれで面白かった。

やがて思いがけない展開があった。しばらくぶりに田中と連れだって、阿木が泰明小学校裏の店を訪ねたときのことだ。詩乃が出勤していることは判っていた。二人を見ると、彼女は自分から阿木の隣の席へやって来た。この夜のイベントはＳＭのショーだった。プロの縄師が麻縄を使って女を縛るのだ。田中にその手の趣味があることは、阿木も以前から知っていた。もとより店の常連たちの間では周知のことのようで、ショーが終わった後の余興として、乞われて彼が女性客の一人を縛ったのだった。阿木も、観衆の前で田中が縄を使うのを見るのは、初めてだった。素人の腕ではあるが、なかなか堂に入ったものだ。感心して眺めているうちに、ふとふり返ると、詩乃がこれまで見せたことのない、熱っぽい眼差しで舞台を凝視しているのに気づいた。彼はてっきり、田中の技に見惚れているのだとばかり思っていたのだが、彼女が見凝めていたのは、縛られて陶酔していく女のほうだった。

それからほどなく、二人で食事をしているときに、ちょうど渋谷の劇場で上演中だった『黒蜥蜴』の話になった。以前から詩乃は乱歩が好きだと云っていた。話の流れで、乱歩ではどの作品が一番好きか、と阿木が尋ねると、彼女は少し考えてからこう答えた。

「『人間椅子』や『パノラマ島』も好きだけど、やっぱり『陰獣』かな」

なるほど、そういうことか、という思いで阿木が彼女の眼を見凝めると、彼女は少し戸惑ったように顔を赫らめる。阿木は少し虐めてみたくなって、重ねて問うてみた。

「この前、田中が縄を使うのを熱心に見てたものね。そういうのに興味あるんだ？」

この問に、彼女は予想を裏切る反応を示した。まっすぐ彼の眼を見て、問い返してきたのだった。

た。

「阿木さんはどうなの？」

思いがけぬ逆襲だったが、それが言葉だけの戯れではないことを感じて、彼は答えた。

「なくもない。『O嬢』やマルキ・ド・サドは思春期の愛読書だったからね」

「あなたも田中さんみたいなこと、できるの？」

「うん、田中の見よう見真似くらいだけどね」

先夜の彼女の様子から、田中に気があるのだと思いこんでいた彼は、ちょっとからかうように言葉を継いだ。

「でも、田中のほうがずっと上手だよ。場数も踏んでるし。もしも試す気があるんなら、彼にそう云えばいい。きみなら喜んで縛ると思うよ」

云ってしまった、と彼は胸の内で自嘲するようにひとりごちていた。これで振られたな。

ところが、彼女が返してきた言葉は、再び彼の予想を裏切るものだった。

「わたし阿木さんがいいの」

その夜、二人は男女の関係になった。

清潔だが、ご多分にもれず装飾過多なホテルの部屋で、彼は初めて、密かに求め続けていた女の身体に触れた。彼女の性癖を確かめるように、彼はベッドに腰を降ろすと、彼の見凝める前で、彼女には立ったまま、自分で服を脱がせた。彼の視線から眼をそむけるようにして、女の手が薄紫の下着を脱ぎ去ると、淡い間接照明の中に優美な裸身がほの白く浮かびあがった。これまで眼にしてきた舞台の上の彼女の肉体の印象と、いま間近に佇む裸身の印象の、あまりの違いに彼は驚く。化粧気のない素顔と同じように、色皓でなよやかな肌が、舞台で躍動する筋肉質で引き締まった四肢を自然に包み込み、むしろ儚げな風情さえ漂わせている。見事な手弱女ぶりだった。

彼は下肢を隠そうとする女の手を引いて、膝の上に抱き取ると、唇を重ね、滑らかな肌の感触としなやかな肉体の輪郭を確かめるように、うなじから肩、二の腕、背中から腰へと、指先を進めていった。それだけで、彼はこれまで味わったことのない興奮と歓喜を覚えた。やがて女の胸へと愛撫を進めると、形のよい乳房は、包み込もうとする彼の掌にわずかに余り、思いがけない豊かさで彼を悦ばせた。広いベッドの上で裸の身体を絡ませ、愛撫し合ううちに、彼女はどんどん奔放になっていった。互いに疲れ果てるまで相手の身体を求め、歓喜をともにしようと挑み続けた。

わずかな仮眠の後、二人して泥田の中から這い出るようにベッドを離れると、たっぷり湯を張った浴槽に一緒に浸った。背中から彼女を抱くようにして湯に浸かりながら、初めて睦言めいた会話を交わす。彼女は、自分の本当の名前を彼に教えた。上原紫音。

「父が音楽が好きで、母が紫色が好きだったかららしいわ」彼女は説明してくれたが、それ以上両親について話そうとはしなかった。

二度目の逢瀬に、彼女は自ら縄を持ってきた。鮮やかな紫色に染めた麻縄だった。その色の美しさを彼が褒めると、彼女は嬉しそうに云った。

「あたしも紫が好きだから」

そうだろうな、と彼は思う。舞台の衣装は別にして、普段彼女が身に着けているものにも紫が多かった。薄紫の下着を剝ぎ取り、その肌に紫の縄をかける。何のことはない、この女の好みのままだ。責め手であるはずの彼は、久しぶりに生身の女体に縄を使いながら、苦笑を禁じえなかった。責めているのか、仕えているのか、わかったものじゃない。

縄に抱かれるそばから彼女の官能は燃え上がった。性戯の激しさ、狂おしさは先夜にいやまさり、狂おしいほどに官能に悶える女の姿態が、彼の欲望をさらに搔き立てる。彼自身、自分の中にこれほどの加虐嗜好があったかと驚かされるくらいだった。

二人の逢瀬はその後もくり返された。さすがに『陰獣』の静子のように、乗馬鞭を握らされて「ぶって」と懇願されることはなかったし、彼女の職業柄、身体に縄目の跡を残すわけにはいかないので、ステージの前夜には縄を使うことはできなかった。

それでも、屈辱的な言葉や姿勢を強いたり、鏡の前で辱めたり、打擲と愛撫を繰り返して、苦痛と快感の錯乱に追い込んだり。そんな激しい情事が止むことはなかった。単に身体を重ねるということよりも、むしろそちらのほうが主だったといってもいい。ときには彼女を床に這わせ、足蹴にして転がし、豊かに張りのある乳房や、平らかな腹や、太腿や、素肌のままの穢れない顔さえ、踏みつけることもあった。すべては彼女が望んだことだ。そして、女の望みを満たしてやりながら、彼もまた、無上の快楽を味わうのだった。翌日彼女の舞台があるのを忘れて、顔を強く敲いてしまったことがあったが、気遣う彼に、平気な様子で彼女は云うのだった。

「舞台に上がるときはメイクで誤魔化せるから大丈夫よ」

「でも、これだけ敲かれたら、痛いだろう？」

「痛いですよ、そりゃ。でも、それだけじゃないもの」

二人の関係は二年ほど続いたが、その間阿木は、ついに飽きるということがなかった。思春期から二十歳過ぎまで、彼はおよそ女性に不人気だった。そのため、彼はこの年代に特有の、一途な熱情に駆られた、無垢で愚直な恋愛を知らない。女を知ったのも、同年代の友人達の中では、ずいぶん遅いほうだった。そのせいか、容易に一人の女との一生に身をあずけようという気にはなれなかった。いつしか、容貌が好みであることはもちろんだが、食の趣味が合うこと、会話の趣味が合うこと、そして身体の相性がいいこと、この三つが彼にとって、一人の女と深い仲になるための条件になっていた。しかし、そんな条件を満たす女に出会うことは、ほとんどなかった。

　情事を重ねるうちに、彼は紫音こそ、条件を満たしてくれる女だと思うようになった。文学や演劇、音楽の趣味も合っていたし、食事をともにする時間も楽しかった。身体のことは云うまでもない。いや、それだけではない。舞台の上の「神の傀儡」のような女と、二人でいるときの清楚でなよやかな手弱女ぶり。密室の中では、羞恥と被虐の快楽を求めて狂おしく喘ぐ雌獣。閨房を一歩出れば、まるで地方出身の育ちのいいお嬢さんという風情の清楚な女。ときに応じてその両方に、いとも自然に身をやつして見せる彼女に、我知らず幻惑されていたのかもしれない。

　ときには二人で休みを合わせ、昼間から一緒に過ごすこともあった。散歩や買い物をしたり、食事をしたり、美術館やコンサートに出かけたり。そうしたときの澄ました彼女の顔を見ていると、ふと虐めてやりたくなることがあって、彼は二人にしか判らないように、恥ずかしい遊びを仕掛けることがあった。羞恥に躊躇い、紅をつけない頬を赫らめながらも、彼女は一度として拒むことはなかった。官能の冒険の密やかな共犯者。そんな想いが互いの欲望をいやますのだった。

　阿木が奮発して、上野の東京文化会館へイタリアオペラを観に連れていったときは、ミュージカルや宝塚のファンなだけあって、彼女は大喜びだった。二年目の初夏に、昼から阿木の地元である池袋で待ち合わせたことがあった。昼食をともにした後、晴天の日盛りのなか、散歩を楽しみながら要町通りを下り、立教大学のはずれにある幻影城を訪ねた。このときも、彼女は殊のほか喜んでくれた。引越し魔だった乱歩が、晩年まで最も長く住んだ旧宅がこの地にある。彼の長男が立教大学の英文科の教授だった縁もあって、住人のいなくなったこの旧宅が、更地にして売却されそうになったとき、立教大学が家ごと買い上げて保存することになったのだ。今では、手を入れて中を整理し、乱歩の記念資料館として公開している。母屋では乱歩の書斎を観ることができるし、庭に建っている蔵も観ることができる。この蔵は「幻影城」と名付けられ、生前乱歩はこの中で、ランプの灯りだけを点して原稿を書いている、と噂されていたらしい。実際には蔵の中は書庫で、階段を上がった上階までびっしり本棚で埋まっていて、膨大な和洋にわたる乱歩の蔵書を眺めることができる。大の乱歩好きの紫音としては、聖地に巡礼した心地だったのだろう。

三年目に入ろうという春の宵、やはり池袋にある明日館を訪れた。二人だけでは初めての花見だった。このときも、彼女はいつになくはしゃいでいた。花見のときの秘かな戯れと、二人だけのテラスでの唇づけの余韻のせいか、あるいは今を盛りと咲き誇る花の色香に魅入られたのか、その後の食事のときも、ホテルでの情事の間も、彼女はただならぬ官能の昂りを見せた。

ところが、その翌日から、紫音と連絡が取れなくなったのだ。数日メールが来ないので、心配になって阿木のほうからメールしてみるのだが、梨の礫で返事が来ない。電話も通じない。急に携帯を変えなければならなくなったのだろうか？　もう少し待っていれば、向こうから連絡が来るのではないか？　しかし、いくら待っても連絡は来なかった。彼女の勤めていた店に当たってみると、どこもとうに辞めていた。踊りや芝居関係の心当たりにも片っ端から訊いてみたが、誰も彼女のプライベートを深くは知らなかった。誰もが、急に連絡が取れなくなったらしい。しかも驚いたことに、こういうことは前にもあったのだという。だから、誰も驚いていなかった。狼狽しているのは彼だけだった。

枕辺の睦言に、二人で飲む酒の合間に、互いの家族や、子供のころの話も出ないではなかったが、思えば彼女は、自分の家族について多くを語らなかった。実家は大阪の豊中だと云っていた。妹がいるとも云っていた。子供の頃からよく宝塚劇場へ連れていってもらった。それで自然に芝居やダンスが好きになったとも。しかし、そう話す彼女の言葉には、関西の訛りがまったく感じられなかった。

情報はどれも断片的でしかなかったし、彼には大阪に土地勘もなかった。こうなってみて、彼はいまさらのように気づかされたのだった。あれほど濃密な時間をともにしながら、なんと儚い絆だったのだろう。忽然と、紫音は彼の世界から消え去った。

彼には捜すすべもない。

Ⅲ

「本当のところ、彼女はどんな女だったのだろう？」

　そんな思いを残したまま紫音が姿を消してから、半年以上もの間、阿木はその面影に苦しめられた。殊に初めの三箇月ほどは、薬の禁断症状のような喪失感と飢餓感に襲われ続けた。さすがに四十歳を過ぎた身であれば、別離の苦しみは何度か経験している。仕事に打ちこむことと、酒の力を借りることで、この時期を乗りきるすべも心得ている。だからといって、苦しみが軽くなるわけではない。劇症期を乗り越えても、なお何箇月も、彼の意識のどこかに、いつも彼女の面影がまとわりついて離れなかった。官能の飢餓だけではない。たとえば一つの言葉、一つの仕草。何気ない微笑み。

　それも時間が癒してくれるだろう。他に救いはない。彼には解っていた。

　その年の秋も深まり、紫音への執着が薄れていくにつれて、彼は考えるようになった。俺は本当に愛されていたのだろうか？　あれは恋愛といえるものだったのだろうか？　彼女が何を求めていたか、どんなことが彼女の嗜好に適うか、どうすれば彼女の官能を満たすことができるか、それは知っているつもりだ。少なくとも彼女の言葉、彼女が二人だけの時間に見せた表情や媚態を信じるならば、二人は互いに趣味と官能の悦びを共有できる相手だった。でも、それだけだったのではないだろうか？確かに俺は彼女にとって、何某か特別な存在だったのだとは思う。しかし、それは彼女の世界を満たすために俺が役立つからであって、そういう相手は他にもいたのではないだろうか？

やがて心情の平静が回復すると、あれほど執拗にくり返された疑問も、諦めとともに顧みられなくなっていった。冬が来て、ようやく感情の凪が訪れると、肉体の欲求だけが残った。感情の坩堝に落ちることを恐れていた彼は、久しぶりに風俗店の扉を敲いた。満たされぬまま何軒かの店と何人かの女を経て、池袋のある店で、身体の相性のいい女性に出会うことができた。身体の相性もさることながら、あまり歳の離れた若い娘では話が合わない。店の売り込みでは三十代後半の人妻ということだった。

店の受付で見せられた写真と、店長の紹介の言葉で選んだのだが、そこはどうせ仲人口、彼としては期待半分というところだった。決められた街角で待ち合わせ、二人でホテルへ入るという流れだったが、現れた実物は、見た限りでは期待以上の女性だった。

「阿木さん、ですか？」

「はい」

「お待たせしました。鈴音です。よろしくお願いします」

「こちらこそ。行きましょうか」

小柄で華奢な体つきの女だった。年齢も店の云うところと変わらないように見える。肩まで伸ばした髪には栗色のメッシュが入り、裾のほうだけふんわりカールさせている。さすがに化粧は少し濃いようだが、色の皓い肌に目鼻立ちのはっきりした顔。普通に町で見かけてもちょっと眼に止まりそうな、華のある美人だった。かといって、小顔のせいか派手というわけではなく、日本的なゆかしさも感じられる。ホテルまで並んで歩きながら、阿木は昭和の映画全盛期のころの、ある女優を思い出していた。

ホテルに入り二時間ほどをともにしたわけだが、この初めての逢瀬は、彼にとって充分対価に見合うものだった。話してみると、よく笑う女で、少しおきゃんなところもあり、しかもなかなかの知性も窺わせる。客あしらいのうまい、社交上手だった。しかも商売臭さを感じさせない。話していて楽しい相手だった。

それが房事に及ぶと、一転して驚くほど積極的に自らの官能を曝け出してくる。プロとはいえ、ときとして彼を圧倒するばかりに性戯にのめりこみ、自ら快楽の絶頂を彼の眼にさらし、さらに彼を同様の悦楽に導くのだった。少なくとも身体の相性はいいようだ。会話の趣味も合う。すっかり気に入った阿木は、月に一、二度彼女のもとに通うようになった。

彼女はまことに気さくな女だった。半年も通ううち、房事の前や、事を終えたあとの枕辺の語らいから、阿木は彼女について多くを知るようになった。携帯のメールアドレスを交換し、店を離れた日常でも連絡が出来るようになった。やがて店では鈴音と名乗る彼女の、本当の名前まで教えてくれた。伊藤五月、伊藤は夫の姓で、実家の姓は柏原だと云っていた。

「誕生日が五月三十日だから」

それでも、本当は皐月にするつもりだったのが、役所に出生届を出すときに、父親が漢字を忘れてしまい、とっさに「五月」と書いて出してしまったのだそうだ。

「柏に五月じゃ、まるっきり端午の節句だね」と彼がからかうと、

「安易よねえ、でも覚えやすいでしょう」と云って笑っていた。

生まれは東北だが、早くに両親が東京に出てきたので、ほとんど東京育ちだった。彼女の肌の肌理の細やかさと皓さは、北国の女のそれだったのだろう。子供のころは身体が弱くて、成長が危ぶまれていたそうだ。実際にも病気がちで、親戚の間では、この子はお嫁に行くまで生きられないだろう、とまで云われていたという。幸い彼女は無事に成長したが、父親はまだ彼女が学生時代に亡くなった。短大を卒業し普通に

就職したが、何年か勤めた後、貯金をはたいて英国へ渡った。ワーキングホリデーというやつだ。二年ほどロンドンで暮らして、帰国するとまた就職した。間もなく今の夫と知り合い結婚したそうだが、その前にちょっと変わった経歴があった。

結婚が決まってから、昼の勤めのかたわら、銀座のクラブのホステスになったのだ。かの地でも働いていたとはいえ、英国滞在で貯金をあらかた使い果たしてしまった彼女は、結婚前にどうしても自分のお金を用意しておきたかった。目標の金額を決め、結婚までの準備期間にそれだけ稼ぐ方法を考えたとき、他に選択肢は見当たらなかった。期間を半年と決めて始めたのだが、それが予定どおり半年で目標の金額が稼げてしまったので、自分でも驚いたという。確かに彼女なりに一生懸命勤めた結果なのだろうが、阿木に云わせれば、そもそも飛び込みで応募して、銀座のホステスに採用されるというのも驚きだった。今以上に若さの魅力があったとしても、しょせん未経験の素人だ。それがいきなり銀座の店で勤まるものだろうか？

さぞ客受けがよく、人気があったのだろう、ずいぶん他の娘たちから苛められたそうだ。今の彼女を見ていれば、それも納得できる、と阿木は思った。地頭のよさがただ事ではないのだ。まして二十代の彼女であれば、男が放っておかなかったろう。

「御主人はそのこと知ってるの？」と彼が尋ねると、彼女はさらりと云ってのけた。

「話してないけど、きっと何となく気づいてるんじゃないかな。たぶんわたしのこと、そういう女だと思ってるのよ」

結婚してからは専業主婦となり、二人の子供に恵まれた。上が女の子でもう中学生、下は男の子でまだ小学校の高学年。こういう仕事の女性が客に対して、子供の話まで詳らかにするのは如何なものか、と思ったりもしたが、客によっては、人妻を偸む感覚をより具体的に感じられて、喜ぶのかもしれない。子供が大きくなって、手がかからなくなったので、三年前にこの店に応募して面接を受けたのだそうだ。さすがに水商売にはとうがたち過ぎている、と本人が思ったらしい。だから風俗の仕事はこの店しかしらない。他の店へ行く気もない。これが、初めの一年ほどの間に、五月が自分自身について語ったことのあらましだった。

夫はかなり年上らしいが、小さいながらも自分で会社を経営しているということだし、別の場所で出会っていれば、そこそこいい家のきれいな奥さん、二人のお子さんの元気なお母さん、としか思わなかっただろう。そんな主婦が風俗に勤めるようになるには、またそれなりの事情があったのだろうが、それをこちらから訊くような野暮なことは、阿木はしなかった。話したくなれば、いずれ彼女のほうから話すだろうと思っていた。

一方で、三島の『美徳のよろめき』ではないが、五月はまことに豊かな官能の天稟に恵まれた女だった。裸になると、華奢ながら手足は長く、色皓で肌理の細やかな肌は愛撫していて心地よかった。小ぶりな乳房はちょうど彼の掌に収まるくらい、やや色の濃い乳首が、母親らしくぷっくりと際立っていた。体毛は薄く、痩せた女らしく、灯りの下では局部の造作が透けて窺えるほどだった。

抱き心地のいいこの女体が、また殊のほか敏感で、一度スイッチが入ると、全身で彼の愛撫に応えてきた。かなり過激な彼の要求も受け入れてくれたし、自ら大胆な愛戯も仕掛けてくる。逢瀬を重ねても飽きるということがなかった。どこまでも自らの官能に忠実な女だった。これは性愛に関することだけではなく、ある種彼女の生き方だったのかもしれない。よくこんなことを云っていた。

「やっぱり身体で感じられることが、一番気持ちいいんだと思う。身体で感じたことは信じられるもの」

身体が弱かった彼女が無事成人し、母になるまでに、実感として会得した信念なのだろう。そういう彼女の趣味はベリーダンスとモダンバレエだった。踊る女。奇しくも紫音との共通点だった。出会って二年目の初めに彼女は云った。

「今年のわたしのテーマは『軸』なんです。身体の軸を鍛えたいと思って」

二年目の夏ごろからは、店を通しての逢瀬の後に、食事に行くようになった。この手の店のルールとしては、食事を同伴するなら、それも料金の対象となる時間の中でするべきなのだが、彼女はそうはしなかった。

「いいですね。ご飯行きましょうよ。ご飯だけのお付き合いだとけじめがなくなるし、違う意味でお互い負担になるからちょっと困るけど、お店で会ったあとなら全然いいですよ。阿木さんとはもっとお話ししたいし」

そもそも、家のこともあるので、彼女のシフトは午後三時から夕方八時までだった。そのため初めのころは、彼が残業のない日しか会いにいけなかった。それが、何度か店のフロントを通して七時過ぎからのスタートを頼むうちに、いつの間にか彼女の出勤時間が延びて九時までになった。おそらく阿木のせいだった。たいがい七時とか七時半に待ち合わせて九時から九時半にホテルを出る。その後、事務所の近くまで彼女を送っていって一旦別れ、彼は池袋駅前のロータリーへ。彼女は事務所でその日の稼ぎを清算してからやってきて、一緒に食事に出かける。そんなことがくり返されるようになった。出勤前に彼女は夫と子供達の夕食を準備してから出てくるのだが、彼と食事をするつもりのときは、自分の分は作らずに出かけてくるのだった。

五月とは食の趣味が合った。もともと好き嫌いはほとんどないのだと云っていた。強くはないが酒も飲める。本人は日本酒が好きだと云っていたが、英国に暮らした経験もあって、麦酒もいけた。酒が入れば話も弾む。子供のころの思い出話や、子供たちのこと、趣味のダンスや、会社勤めのころに短い間だが参加していた劇団のこと、ダンス教室の仲間や主婦友達との付き合いのこと、風俗の店の裏の事情まで、なんでも話すようになっていった。面白いのは、半ば愚痴のようなことを口にしても、結局のところ、彼女は何事も概ね楽観的に受け止めているらしいことだった。繊細な感性と、生活に根を張った逞しさが、当たり前のように同居している。五月を知れば知るほど、阿木はそんなふうに感じるのだった。

「女子会って歳でもないけど、友達と飲みに行くときは普通の居酒屋さんが多いの。そんなにお金ないし。わたし、徳利で出てくるような普通の日本酒でいいんですよ。そんなに詳しくもないし」

そういえば、たまに夜の八時九時に彼女からメールが届くことがあった。その内容が何とも唐突で、独り言のような、即興の詩のような、自虐的な告白のような文章で、彼を戸惑わせた。適当に返事を返しておいて、次に会ったときに尋ねると、どうやら酔っていたらしい。友達と外で飲んでいるときに、その場の感興にまかせてメールしてしまったり、自宅のキッチンで一人で晩酌しながら夕食を摂っているときに、何となくメールしてしまったり。その相手が自分なのは、阿木としても悪い気はしないのだが、本人はどんな内容のメールを送ったのか、よく覚えていないことが多かった。

「もしかしてキッチンドランカー？」と彼がからかうと、

「そんなことないわよ。でも、ひとりでぼうっとしてると、いろいろ想像しちゃって、勝手に変な気分に入りこんじゃう癖があるみたい」

そんな彼女の心理のなせるところだろうか、五月にはもう一つ、紫音との共通項があった。被虐の性への嗜好だ。

妄想好きなことは早くから阿木にも判っていた。彼女は結構な読書家で、店の待機室で読むための本をいつも持ち歩いていた。その本の傾向からも、ある程度察せられるところがあった。何回か身体を合わせるうちに、彼女の求めるものが優しい愛撫だけではないことが解ってきた。馴染みになるにつれて、彼女も自分の嗜好を口にするようになったので、阿木も確信が持てた。紫音のときのように麻縄を持ち出すことはなかったが、奇妙な一致に嬉しい驚きを感じながら、彼女との激しい性戯にのめりこんでいった。ネクタイや夜着の紐、ストッキングなどで彼女の手足を拘束したり、タオルや手で打擲したり、四つ這いにさせた彼女を軽く足蹴にしたり、柔らかな乳房をそっと慈しむように愛撫したかと思うと、ぷっくりと屹立した乳頭を思いきり抓りあげたり。凌辱的な愛撫で幾度となく快楽の絶頂へ追い上げ、彼女が「もう許して」と哀願するのを、なお容赦なく責め続けて気死させることもあった。拘束した彼女をベッドに横たえて、その顔の上に跨り、後ろに回した手で乳房を揉みしだきながら口唇を犯す。咽喉の奥まで貫かれて、苦しさと快感に涙を溢れさせる彼女の眼を見凝めながら、精を放つ。これも何度かくり返された、二人の気に入りの性戯だった。

一度だけ、彼が読んでごらんと彼女に贈った本の礼に、手紙をもらったことがある。彼女の嗜好を察したうえで贈った、かなり官能的な内容の本だったが、彼女は真摯に感想を書いてよこした。その中で彼女は、自分の官能のありかたについて、こんなふうに書いていた。

「プレイとはよくいったもので、わたしにとってプレイ＝芝居という感覚が強くあります。芝居と申しますと絵空事と思われるかもしれませんが、芝居をしたことがある人ならばわかる様、それは、わたしにとって『本能の引き出しを、開けたり、開けられたりすること』です。

もちろん、それには開けていただく演出家や共演者、場合によっては、観客が存在します。その時の空間、人によって、同じセリフも違うものになり、舞台を降りると、まるでつまらない女のわたしに戻ります。なんでもない普通の主婦のわたしに。

余談ですけれど、ひとり芝居は自慰なのかしら？」

客と店の風俗嬢の関係ではあるが、仕事を終えた＝舞台を降りた彼女との食事では、彼はどちらの彼女と向かい合っていたのだろう？　あえて彼は確かめようとしなかった。訊いても彼女にも解らなかったのではないだろうか。あえて云うなら、女優から主婦に戻る途中の、ちょっとした寄り道ってところかな、阿木はそう自嘲していた。

いや、そもそも、そんなところにこだわるのが男の愚かさなのだろう。思いきって尋ねてみたところで、彼女はこともな気に答えたに違いない。

「そんなの考えたことなかったわ。だって、あたしはあたしでしかないもの」

彼女はこうも云っていた。

「日常に満足する女なんです。毎日の日常が無事に過ぎていってくれれば、それで充分なの。だから、いろいろ予定が詰まってるほうが好き。やらなきゃいけない事があれば、いちいち考えなくていいじゃないですか。じゃないと、一人で勝手にいろいろ考えちゃって、何にもしないで引き籠りみたいになっちゃう」

そのせいか、風俗の仕事の他に、勤めていたときの経験を生かして、どこかの会社か事務所の経理の仕事を手伝っていた。期末の決算期など、そちらの仕事が忙しくて店を休んでいた。夫の世話、子供たちの世話、家のやりくり、経理のバイト、ベリーダンスにモダンバレエ、それに生け花もやっていた。何度か自分の活けた花の写真を、彼へのメールに添付してきたことがある。そして夕方からは風俗の仕事。確かに詰め込むだけ詰め込んでいた感はある。

これも一度だけ、阿木は彼女の舞台を観にいったことがある。モダンダンスの教室が参加する、いわば合同発表会のようなもので、区営の文化センターの大ホールを借りて、大がかりに行われる催しだった。何とか仕事の都合をつけて行けそうだったので、彼女からチケットを買った。彼女の出る演目は、午後のプログラムの後のほうだったので、仕事を早めに切り上げて出かければ間に合った。行ってみると思いのほか混んでいて、一階の客席はすでに満席だった。仕方なく二階へ上がり、左の端近くにようやく空席を見つけた。ほとんどの演目がヒップホップの群舞で、観客も若い子ばかりだった。彼の周りもやたらと騒がしく、いかにも場違いな感じで落ちつかなかった。ようやく五月の出番となったが、この演目だけは、十人ほどの女性ダンサーによるモダンバレエで、振り付けも演出も悪くなかった。しかし、いかんせん素人の趣味だ。阿木の感性に訴えるようなものではなかった。当然ではあるが、紫音の舞台とは比べようもなかった。そして、それを思い出しても、心が波立つことがなくなった自分に、彼は安堵を覚えていた。「五月に感謝しないとな」、口には出さずに、阿木はひとりごちていた。

終演後、「観に来たよ」というメールを送っておいて、彼は会場を後にした。二人の関係では、花を持って楽屋を訪ねるわけにもいくまい。彼女の家族や友達が来ていたら、彼のことを紹介しようがないだろう。

その夜のうちに、打ち上げに参加中の彼女からメールが来た。阿木さんのメールを見てロビーへ捜しに出てみたけれど、もういなかった。会ってお礼を云いたかったのに残念だった、と書いてきた。次に会ったときにも、彼女はホテルへ入るなり云いつのった。

「もうちょっといてくれたらよかったのに。さすがに衣装のままじゃ楽屋から出られなかったから、着替えてから急いでロビーへ行ってみたのよ。なのに、もういないんだもの」

「しかし、ご家族だって友達だって来てるだろうし、ぼくが顔出しちゃまずいだろう」

「毎年のことだし、もう誰も来やしないわよ。子供たちだって、母親の趣味になんか興味ないのよ」

「へえ、そんなもんなんだ」

「そうよ。そんなもんよ」

それでも、まったく店とは関係なく、彼女のプライベートの場に出かけたことで、二人の間はさらに親密なものになった。

二年目の春には五月とも花見をした。といっても、これは料金を払って贖われた逢瀬の中でのことだった。必然的に遠出はできない。池袋の近くに限られる。阿木は大塚の桜並木を選んだ。小一時間散歩してから大塚のホテルに入る、ということでフロントの了解を取りつけた。店の時間の中ということで、二人ともかえって大胆になれた。彼女も女優モードだったということだろう。両側の桜並木がトンネルのように被さる閑静な通りの歩道を、二人で手を繋いで歩いた。宵闇に紛れて、人気ない学校沿いの桜の幹に彼女を押しつけるようして、唇を重ねる。服の上から胸を揉みしだき、開かせた両腿の間に片膝を入れて、下着の上からとはいえ、局部に押しつける。ほのかに煙草の残り香のする女の唇と舌が、彼のそれに絡みつき、合間に漏れる熱っぽい吐息と、服の上からでも判る乳首の硬ばりが、彼の官能を掻き立てる。そんな二人の上に、生暖かい風に吹かれた花びらが、はらはらと舞っていた。

その翌月、五月の四十歳の誕生日に、阿木は桜の柄をあしらった江戸切子のグラスをプレゼントした。彫りによる柄だけでなく、薄い紫と桜色のグラデーションのぼかしをかけた、モダンな意匠の江戸切子で、彼女はたいそう喜んでくれた。

「この前のお花見を思い出しちゃうわね。素敵だわ。これなら日本酒にもワインにも使えそうだし。家で一人で飲むときに、ちょっと洒落たグラスが欲しいなって、思ってたんですよ」

「キッチンドランカーにならないように、気をつけてね」

「違うってば！　もう」

それでも、その後のほろ酔いメールで何度か、「いただいたグラスで美味しく飲んでいます」と書いてきた。その前の年には絹の扇子を贈ったのだが、それも気に入って使ってくれているようで、夏になると、「いよいよいただいた扇の活躍する季節です」などとメールにも書いてきて、実際、夏場の彼女のバッグには、いつもそれが入っていた。

　夜食をともにして話がはずむと、終電に間に合わなくなることもあった。雑司ヶ谷に住んでいる彼女は、いつも自転車で通ってきていて、仕事の間は有料の駐輪場に預けておくのだが、彼と食事に行くと、たいがい駐輪場の閉まる時間に間に合わない。自転車はそのままにして地下鉄で帰るのだった。その地下鉄も終わってしまうと、彼がタクシーで送っていくことになった。駅前や要町通りで車を拾い、明治通りへ出て千登世橋方向へ走る。さすがに彼女の家の前まで、というわけにはいかず、近くまで来ると降りるのだが、まるで飲み会の帰りに送ってもらった友達にでも云うように、「そこの道を入るとすぐ家なの。でね、あれが息子の通ってる小学校なんです」などと教えるのだった。

　一度など、彼女の家の近くにあるフランス料理屋へ行こうということになって、逢瀬を早めに切り上げ、池袋の駅前で待ち合わせてから、雑司ヶ谷まで二人で歩いたことがある。目白へ向かう途中で山の手線の陸橋を渡り、ボクシングジムの脇から明治通りへ出て、大鳥神社の参道から鬼子母神へ。二人の関係を思えば、これも不思議な道行だった。


　食の趣味は合う。会話の趣味も合う。身体の相性も云うことはない。容貌も、年齢は否めないが、女優似の顔立ちに贅肉のない細身の肢体。そんな女とこれほど親密な関係になっていながら、しかし、二人は決して一線を越えることはなかった。阿木にはいよいよとなればその覚悟はあったかもしれないが、彼女はぎりぎりのところで、お客と風俗嬢の関係を崩そうとしなかった。

　阿木は思っていた。紫音も五月も、彼の欲望を受けとめて自ら燃え上がり、白熱のひとときをともにすることのできる女だった。しかし紫音はどこか摑みどころのない女だった。彼女の欲望に煽られるようにして、彼の欲望も燃え上がり、それをぶつければぶつけるほど、彼女はそれを受けとめてさらに求める。しかし、あれほどの時間をともにしながら、彼女は自分について、自分の身の上については、ついに多くを語らなかった。しかも、消えた彼女を捜して人に尋ねるうちに、彼女が語ったことのいくつかは、本当とは思われないようになった。どこまでも彼の欲望を掻き立て、それを従順に受け入れて応えてくれていたようで、ついに紫音という女の本当の姿は解らなかったような気がする。結局俺は彼女の核には触れられなかった。彼女は、俺の欲望をあからさまに映し出すばかりの、不毛の鏡だったのではないか？

　五月とは、そんなふうに感じたことは一度もなかった。彼女は親しくなればなるほどに率直で、自分のことも家族のことも、日常のささいな出来事も、彼女の価値観も仕事への思いも、ほとんど隠し立てすることなく彼に話してくれた。自分の日常の生活の間近まで、彼を受け入れてくれた。それは彼を感動させるほどだったが、それでも彼は誤解することはなかった。彼女がそうさせなかったからだ。

阿木にとって、彼女はどこまでも「高嶺の花」だった。こんな美しく、怜悧で、魅力的な女が、俺などに惚れるわけがない。

どれほど肌を重ね、快楽をともにし、愛戯を離れても互いの感性が通い合うことを確かめたとしても、その上でありったけの愛情と情熱をぶつけたとしても、彼女を夫や子供たちから奪うことは出来ないだろう。というより、家庭を含めて彼女の「日常」から、彼女を引き剝がして、自分のものにすることなど、到底無理なことだった。彼にはそれがよく解っていた。その事実を、彼女は彼の欲望や誘いを拒むことによってではなく、打ち解けて彼を受け入れることで、彼に伝えていたのだった。だからこそ、彼のほうでも、安心して彼女の好意に甘え、彼女に欲情をぶつけることができた。

「たいした女だ。とても俺なんかが太刀打ちできる女じゃない」

彼はいつも心の内でそう思っていた。

その年の冬、十一月も終わり近くに、いつものような逢瀬の後、服を着て部屋を出ようか、というときになって、彼女は阿木に告げた。

「今年いっぱいで、このお仕事は終わりにしようと思うの―

彼女らしい、いかにもありきたりな連絡事項を伝えるような口ぶりだった。

彼女のいる店の経営状態が思わしくないことは、しばらく前から聞いていたので、この業界にはよくある話だと思って、彼も気軽に応えた。

「他の店に移るの？」

「そうじゃないの。わたし今のお店しか知らないし、いまさら他のお店を知りたいとも思わないわ。もうわたしも四十だし、このへんが潮時だと思って」

顔には出さなかったが、彼は動揺した。こういう場所で出会った以上、いずれは来ることだと覚悟はしていたが、まだ先のことだと思っていた。だが、彼女がはっきり口にした以上、すでに決心の上のことなのだ。いったん決心したら、誰が何を云ってもゆるぐことはない。彼女はそのとおりにするだろう。彼には解っていた。五月はそういう女だ。

「寂しくなるなあ」

最初に彼の口をついて出たのは、本音のひと言だった。

「でも、いつまでも続けるような仕事じゃないしね」気を取り直して言葉を継いだ。

「きっかけのあるときに思いきって辞めないと、辞められなくなってしまうみたいだし」

実際にこれまでの経験で、そういう女も彼は見てきた。

「女も四十歳を過ぎたら、もうこういう仕事はキツいんですよ」

「そんなことはない。きみならまだまだ売れっ娘でいけると思うよ」

「そう云ってもらえるうちに辞めるのがいいのよ。惜しまれてるうちに辞めないと。だんだん声がかからなくなって、誰からも呼ばれなくなって辞めるのは惨めだわ」

彼女はちょっと寂しそうに笑ったが、彼女の性癖を知悉している彼は、そんな想像による密かな陶酔が、女の表情に滲んでいるのを見逃さなかった。そういえば、五月は一度も彼に涙を見せたことがなかった。「一度でいいから、この女を泣かせてみたかったなあ」、そのとき、彼はつくづくそう思った。女優ではなく、一人の女として。

「まるでアイドルだね」彼は心にもない戯言を口にした。

「そうよ。きれいに引き際を決めないと」いつもの無邪気な笑顔とともに彼女が応える。

「まあね、ぼくとしては寂しい限りだけど、これが友達や身内だったら、やっぱり早めに辞めたほうがいいよ、と勧めるだろうからね。そう考えれば、ここはやっぱり、卒業おめでとう、と云うべきなんだろうな」

「ありがとうございます。よかった。そう云ってもらえると嬉しいわ」

「さすがにこの歳になるとね。多少の分別もあるし、苦しい別れも一度や二度は経験してるから」

「本当は結構悩んだんですよ。云ったほうがいいのかな、云わないほうがいいのかなって。わたしの個人的なことなのに、云ってしまって余計なことで悩ませてしまったり、気まずくなったりしたら嫌だし。でも、阿木さんとは長いお付き合いだし、いろいろよくしていただいたし、黙って急にいなくなっちゃうのもいけないと思って」

「いや、云ってもらってよかったよ。心の準備もできるし。だけど、寂しがる常連さんもたくさんいるんじゃない？」

「そんないろんな人には云わないもの。こんなに家のことまで何でも話してたのは阿木さんだけだし。阿木さんには、やっぱり云わなきゃって思って」

「うん。ありがとう」これも彼の本音ではあった。

「それじゃあ、最後に卒業祝いをしようか？　めでたく万歳モードで」

「万歳モードで！　いいんですか？」

「せっかくだから、思い切って美味しいものでも食べようよ」

「いいですねえ。嬉しいです。ありがとうございます」

ホテルを出て、店の事務所の近くまで送っていき、別れぎわに彼は尋ねてみた。

「来年からは専業主婦に戻るの？」

「まあ、しばらくは仕事しないで休もうと思うけど、でもお金は必要ですからね。ここで五年働いたおかげで目標に近い貯金はできたけど、ほら、前に話したとおり、主人はこっちから頼まないとお金を出してくれない人だから。しばらくしたらパートでかった。

も始めるわ」

そう云われても、スーパーでレジ打ちをしている彼女の姿は、彼には想像がつかなかった。

出会ってから三度目のクリスマスの夜、阿木は初めて店とは全く関係なく、五月と会った。池袋のデパートで待ち合わせて、二人でささやかな記念品を見繕い、それから予約しておいたフランス料理屋に向かった。ここ一番奮発して高いワインを頼み、美味い料理を堪能しながら、ただ一度のプライベートの逢瀬を楽しんだ。穏やかで心地よいひと時だった。食事を終え、ワインの酔いに顔を赫らめた彼女は、何度も礼を云って、最後にいつもの屈託のない笑顔を見せて帰っていった。

こうして、五月との二年二箇月が終わった。彼女もまた、阿木の世界から去っていった。

年が明けて間もなく、彼女が働いていた店は閉店することになった。不景気が続いており、風俗業界もますます競争が厳しくなっていた。二年余り通い続けたために、阿木は店長とも顔見知りになっていた。その店長が、五月が辞めて間もなく、彼に語ったことがある。彼女を面接したのは自分ではなく、当時いたスタッフだった。彼が気に入って採用を決めたのだが、最初、出勤してきた彼女を見て、店長氏は、この子本当に勤まるのかな、と思ったそうだ。

「本当に地味だったんですよ。着てる服のセンスなんかも全然野暮ったくて、本当にそのへんにいる普通の主婦っていう感じでしたね。これは売れないだろうと思いました」

それが、入店後にどんどん変わっていったという。

「天性の素質があったんでしょうね。見事にはまりました。ぼくも結構長くこの商売をしてますけど、入店してからあんなに変わった女性は初めてですよ」

今は五年間の長期公演を終えて、舞台を降りた彼女は、「まるでつまらない女」に戻ったということだろうか。例の手紙の最後に、彼女は詩のようなものを添えていた。

ひとりの時に
言葉で遊び

あなたの前で
口ごもり
沈黙に溺れる

蟲もなかない月のない夜
あの人は私のところに来てくださるだろうか

嵐がきて
本能が暴かれる日がきても

どうかあなたを愛せますように
どうかあなたに愛されますように

Ⅳ

五月が去ろうとするとき、予想もしなかった出会いが用意されていた。

普段はほとんど顧みなくなっていたＰＣのメールボックスに、見慣れぬアドレスからのメールが届いていた。たいがいは無用のスパムメールなので、開くこともなく削除してしまうのだが、思いがけない件名が眼にとまった。「紫音です」

五月との最後の晩餐を前にした、十二月半ばのことだった。

「ご無沙汰しています。紫音です。阿木さんはその後お元気でいらっしゃいますか。

メールを差し上げていいものか迷いましたが、思いきってメールしてみました。携帯のアドレスに送ろうとしたのですが、送れませんでしたので、やっぱり諦めようかとも思ったのですが、こちらのアドレスにもお送りしてみます」

その年の初めに、阿木は携帯電話を買い替えていた。そのときにアドレスも変えたのだ。メールの日付を確認すると、すでに一週間が過ぎていた。

「お芝居や美術館に行ったときなど、よく阿木さんのことを思い出していました。あんなお別れをしてしまったので、ずっとご連絡できずにおりました。でも最近になって、池袋を通る機会があったりして、いろいろと懐かしく思い出して、メールしてみました。突然失礼いたしました。寒い日が続きます。どうぞご自愛くださいね」

さて、どうしよう。彼は迷った。何というタイミングだろう。五月との別離の喪失感に揺れる心情の間隙に、滑り込むように舞い込んだ紫音からの消息。もちろん偶然にすぎないのだろうが、仕組まれたように感じずにはいられなかった。いったい彼女はどういうつもりで、メールしてきたのだろう？　長い苦しみを経て、ようやく終わったことにしたはずなのに。封印していた感情と疑問が甦ってくる。

何をいまさら、無視すれば済むことではないか。彼は迷っている自分に腹がたった。彼女には何の意図もありはしないのだ。文面どおり、急に懐かしくなって、その場の感情にまかせて、書いてきただけのことなのだ。それを真に受けて、返事を書くなんて、とんだお笑い種だ。

だが彼は返事を書いた。答えは初めから決まっていたのだ。愚かしい繰り言のような煩悶は、言い訳にすぎない。

「メールをありがとう。ぼくも懐かしく拝読いたしました。一足早いクリスマス・プレゼントをもらったような気がしました」

何のことはない。すでに媚びてさえいる。蜘蛛の糸を摑むような、不吉な予感もないではなかったが、つまるところ、彼は愉悦に満ちた過去の誘惑に負けたのだ。

それからは二、三日おきに、メールのやり取りが続いた。互いの心情の距離を探り合うような、言葉のやり取り。暮れの間は彼も仕事が忙しく、その中で時間が空けば、残り少ない五月との逢瀬に充てたかった。紫音のことを本気で考えるようになったのは、年が明けてからのことだ。紫音を失った後の感情の空白を、五月との出会いが埋めてくれたように、五月が去った後の寂寥を、紫音との再会が宥めてくれることを期待していたのだろう。

彼にはもう怒りも恨みもなく、ただ抑えがたい好奇心が疼いていた。なぜ突然去っていったのか？　なぜ今になって連絡を取ってきたのか？　しかし、紫音は三年前の別離については、一向に触れてこない。彼も非難がましい言辞は避けていた。他愛のないメールばかりが続く。それでも返事を返せば、必ずまたメールが来る。取り留めのないことだが、少なくとも、彼女のほうから連絡を絶つ気はないようだった。彼女のメールを真に受けるかぎり、それとなく、再会の機会を望んでいるようにも思われた。もとより確信は持てない。それでも彼のほうから踏み出すことにした。歌の文句ではないが、どうせ終わった恋なのだ。振られても元々だ。このままでは埒があかない。彼のほうから「会って話しませんか」と誘いをかけた。

すぐに返事が返ってきた。

「わたしもお会いしたいです」

再会は、寒さの厳しい一月の半ば、成人の日の連休が過ぎて間もなくだった。場所は彼女もよく知っている、渋谷のドゥーマゴを選んだ。道玄坂上、劇場や美術館の集まっているビルの地下にある、小洒落たカフェ・レストラン。三十代のころに何度か訪ねたパリで、サンジェルマン・デ・プレ教会の向かいにある同じ名のカフェは、阿木のお気に入りだった。パリの店とはずいぶん趣が違うが、同じ階に美術館があるので、絵を観た後の休憩にはちょうどよかった。紫音とも何度か来たことがある。

約束の時間どおりに現れた彼女は、驚くほど変わっていなかった。ひどくはにかんだような笑顔で、先に着いていた彼のほうへ近づいてきた。

「お久しぶりです」彼女のほうから声をかけてきた。

「変わらないねえ」最初に彼が口にしたのは、掛け値なしの本音だった。

三年ぶりに間近に見る紫音は、相変わらず化粧気のない素顔だった。以前より心持ち頰から顎へかけての線が、ふっくらと柔らかくなったような気がする。大きなくっきりとした目元に、小皺が少し増えたかな、と思うくらいで、あとは身に着けているアクセサリーや服の趣味まで、少しも変わっていなかった。

「阿木さんこそ、お変わりなく」

「いや、歳をとったぶんだけは、やっぱり老けたよ。髪も白くなったし」

「全然そんなことないですよ。でもよかった。すっかり感じが変わってたら、どうしようかと思って、ちょっと怖かった」彼女は本当に喜んでいるように見えた。これが演技なら、大したものだ。

店の中へ入って、案内されたテーブルに落ち着き、珈琲を頼んだ。

「メールを貰ってびっくりしたよ」

「ずいぶん迷ったんですよ。あんなお別れの仕方をしてしまったし。でも、急にとっても懐かしくなって、どうしてるかなって思って。怒られても、無視されてもいいって思ってメールしてみたんですけど。やっぱり携帯のメールは送れなくて。やっぱり拒否られてるのかな、とか思って…」

「いや、びっくりはしたけど、きみが元気でいるのが判って嬉しかったよ」

「よかった」彼女は安堵したように笑顔を見せた。

「それで、いまは何をしているの？」

少し間があってから、彼女は答えた。

「仕事は何もしてないんですよ。あれから、ちょっといろいろあって」

「話したくなかったら、無理には訊かないけど」

「でも、やっぱり阿木さんにはお話ししないと。ずっとそう思ってたから」

運ばれてきたばかりの熱い珈琲を、ゆっくりと啜りながら、彼女は話し始めた。

「急に母が倒れて、看病のために実家に呼び戻されたんですよ」

以前彼女は大阪に実家があると云っていたが、それは嘘だった。本当の実家は沖縄にあるのだという。彼女は沖縄人の父と、本土出身の母との間に、沖縄で生まれた。彼女は長女で、妹が一人いる。父親は沖縄生まれだが、両親の仕事の関係で、小さいころから沖縄を離れ、本土のいくつかの場所で育った。本土で知り合った女性と結婚し、沖縄に帰って家庭を構えたが、この父親が、なかなかの山師で、次々と事業を起こしては失敗する。いっとき羽振りがいいかと思うと、借金の山を作って夜逃げ同然で沖縄を出て、本土を転々とする。それでも何とか借金を清算すると、また帰ってくる。それはそれでたいした生活力だと思うが、家族はさぞふり回されたことだろう。

ところが、彼女はそんな父親と馬が合ったのだという。沖縄で専門学校を出ると、いったんは地元で就職したが、間もなく沖縄を出た。当時大阪にいた父親を頼って、自分も仕事を捜しながら、しばらく一緒に暮らしたそうだ。この生活がまた変わっていて、安アパートを転々とするうちに、父親が新興宗教の本部の用務員に住み込みで雇われたのを幸い、本部教会の一室で一緒に暮らしていたこともあるという。一向に信仰にかぶれることもなく、毎日そこからアルバイト先へ通っていたそうだ。

そんなぎりぎりの生活の中でも、音楽好き、芝居好きの父親の血を引いたのか、宝塚や市内のライブハウスに通うのが、彼女の唯一の楽しみだった。それが高じて、自分でも踊りを始めたようなものなのだ、と彼女は語った。

その後、父親が沖縄に帰っても、彼女は帰らず、東京に出た。本格的に踊りのレッスンを受け、しだいにステージに立つようになり、劇団に加わって、演技の勉強もできるようになった。東京での生活がうまく回り始めたころに阿木と出会ったのだった。

ところが母親のために、急な帰郷となった。

「じゃあ、ずっと沖縄にいたんだ?」

「違います」彼女は言下に否定した。

帰郷してみると、母親の病気は大したことはなかった。本当は直ぐにも東京へ戻りたかったのだが、父親はまた出稼ぎで家に居なかった。妹は県庁の職員なのだが、離島勤務で本島を離れている。神経質で昔から反りの合わない母親が、このときばかりは縋り付いて、彼女を離そうとしなかった。

　東京に帰れる目途がついたら、阿木にも、仕事の関係先へも連絡しようと思っていたのだが、その目途が一向に立たない。家族のことも、郷里のことも、本当のことを話していなかった手前、メールや電話で事情を説明するのは躊躇われた。何よりも、母親との葛藤で精神的に追い詰められていたのだという。

「いろんなことが、もうどうでもよくなってしまって。本当に頭がおかしくなりそうだった」彼女は吐き捨てるように云った。

「そんなにお母さんとうまくいってなかったんだ」

「あの人は頭がおかしいんですよ。とにかく早く東京へ帰りたかったし」

「沖縄はそんなに嫌なの？」

「あたしは異端者なんですよ。異端者が生きていくには、島は狭すぎるわ」

　確かに、紫音には、彼が知っている沖縄出身者とは異質なものを感じる。だから、彼女が自分で沖縄出身だと云ったとき、彼はひどく驚かされた。肌は皓いし、訛りは全く感じられないし、俄かには信じられなかった。彼がそのことを口にすると、

「内地の生活が長いし、母は沖縄の血じゃないもの」と彼女は応えた。

　結局、母親を捨てる覚悟で、彼女は半年後には東京へ帰ってきた。しばらくは何も手につかず、無為の日々を送っていたが、貯えも底をついてきたので、仕事を捜し始

めた。間もなく、幸運にも、ある劇団の旗揚げ興業に誘われ、参加することになった。ダンサーとしてではなく、役者としての再出発になるはずだった。

アルバイトをしながらとはいえ、芝居造りに打ち込む毎日。彼女にとっては充実した生活だった。ところが、一昨年の暮れになって、劇団の主宰が大口の出資者と喧嘩別れしてしまった。旗揚げ興業まであと一息というところで、全ては水泡に帰した。思い入れが深かっただけ、彼女の絶望も大きかった。

「心が折れちゃったみたいで、何にもする気になれなくなっちゃって」

アルバイトも辞めてしまって、ほとんど引き籠りのようになってしまった。それから一年余り、働くこともなく暮らしてきたという。

これには彼も驚いた。

「余計なお世話かもしれないけど、生活は大丈夫なの？」

「大丈夫じゃないですよ」彼女は真顔で答える。「でも、少し貯金もあったし。あと、劇団に参加するときに、生まれて初めて父を口説いて、纏まったお金を借りたんですよ。本当は劇団の設立資金の足しにするはずだったんだけど、うまく取っておけたので」

いったいどういう経済感覚なのだろう。いくら用意していたのか知らないが、それまでの彼女の生活ぶりからして、一年以上無収入で暮らしていけるとは、彼には到底思えなかった。

「でも、それも無くなっちゃったので、そろそろ働こうと思ってます」

「また踊りを始めたらいいのに」

彼の記憶の中には、「神の傀儡」のイメージがまだ鮮明に残っている。

「ダンスはもう駄目」何にも解ってないのね、というように彼女は応えた。「これだけブランクがあったら、もう身体が戻らないわ。それに年齢的にも無理なんですよ」

確か彼女はまだ三十代半ばのはずだ。そんな歳ではないと思うが。彼がそう云うと、彼女はまた困ったような顔をした。

「わたしの本当の歳、云ってませんでしたっけ？」

今夜何回目かの「ごめんなさい」とともに彼女が告白したところでは、彼と出会ったときに、彼女はすでにその年齢を超えていたのだった。今は四十一歳だという。彼とは五つも違わない。五月とほとんど同じ年齢ということになる。その年齢でこの一年職歴がなく、その前も長く定職についたことがないとなると、就職も容易ではあるまい。

「求人誌とか、ネットの求人サイトとか、まめに見るようにしてるんですけどねえ。なかなか気にいるのが無くって」

本人がひどく暢気な様子なのが、彼には不思議なくらいだった。

「選ばなければ、何か見つかるんじゃないの?」半分気休めのつもりで彼は云ったのだが、

「でも、わたし好きなことじゃないと続かないんで」という調子。

最後は彼も投げ出すような気持ちになっていた。そんな彼の思いを読んだかのように、彼女は珍しく冷ややかな笑みを浮かべて云った。

「阿木さんのように育ちのいい人には解らないわ」

育ちがいい? そんなことを云われたのは初めてだ。彼がどう応えていいやら解らずにいると、彼女のほうが続けて云う。

「そんなに心配しなくても、いよいよ追い詰められれば、何とかなるものよ。これまでにも似たようなことはあったし」

それから、ちょっとからかうような口ぶりで、こうつけ加えた。

「わたし、これでも結構図太いんですよ」


特に次の約束はせずに別れたのだが、メールのやり取りは続き、ほどなく、彼女のほうから相談したいことがある、と云ってきた。今度は彼女の希望で、八時に新宿で待ち合わせになった。夕方仕事を終えて、時間通りに阿木が待ち合わせの場所に行くと、彼女は先に来て待っていた。そのまま近くの居酒屋に入り、食事をしながらの話

になった。

　相談とは他でもない、金のことだった。来月マンションの賃貸契約の更新があるのだが、手持ちが足りない。家賃と更新手数料は何とかなるのだが、付帯している火災保険の保険金を計算に入れていなかった。保険金の分だけでも貸してもらえないか、と彼女は云う。今月中に振り込まないと、今の部屋を出なければならなくなる。

「恥ずかしいけど、今は他に頼める人がいないの」

　三万円ほどのことなので、金額的には彼にとってさほどの負担ではない。躊躇いがないわけではなかったが、財布から抜いてその場で渡した。

「ありがとうございます。これで今の部屋を出ていかなくて済みます」彼女はしおらしく頭をさげた。

「仕事が決まったら、すぐにお返ししますから」

　当てはあるのか、と尋ねると、まだないと云う。これは捨て銭になるかもしれないな、そんな不安が彼の表情に現れたのだろうか、彼女は「借用書を書きましょうか？」と云いだした。さすがにそこまではしたくない。

「いいよ。きみのことだから、信じてるよ」と答えたのは、しかし、彼の見栄だった。

「そういえば」彼はふと思い出して、問いかけた。「今はどこに住んでるの？」

「前と同じところですよ」

「沖縄に帰ってる間も解約しなかったんだ」

「しませんよ。すぐ帰ってくるつもりだったし。すごく気にいってるんです。新宿にも渋谷にも近いし。だから、どうしても出たくないの」

「桜の木が近くにあるんだったよね」

「覚えてたんですね。窓から桜の花が吹き込むんです」

その晩は食事だけで別れたが、彼女は帰りの電車賃も持っていなかった。恥ずかしそうにそう告げる彼女に、彼は千円札を一枚渡して帰した。


その後も彼女の「相談事」は続いた。結局更新月に払う二箇月分の家賃が足りないということになって、半分貸し、急に沖縄に帰らなければならなくなった、というので往復の航空券代を貸すことになった。その都度彼は、仕事は見つかったか、と訊くのだが、彼女は曖昧にお茶を濁すばかりで、一向に働く気配がない。

四十五歳にもなって、いい大人が何でこんな愚かしい付き合いを続けるのか？　彼は自分でもあきれるのだが、彼女を切る気にはなれない。いまでは、彼女がメールを送ってきた動機も察しがついている。帰ってきた紫音は、もう「神の傀儡」ではなかった。その代わりに明かされた本当の彼女は、根無し草の暮らしに平然と甘んじる、貧しく図太い女だった。以前と変わらぬ清楚な佇まいや、身に着けるものの趣味、美術や音楽への嗜好は、どんな苦境にあっても決して譲ることのない、彼女の頑ななこだわりの現れだったのだ。かつて彼が、育ちのいいお嬢さんのようだと感じていたあの物腰は、実は寄る辺ない暮らしの中で鍛え上げられた、彼女の頑なさのなせるところだった。

それが解ってもなお、いやいっそう、彼は紫音に惹かれていた。金の工面にしても、敢えて口座へ振り込むのではなく、金を渡すのを口実に会い続けた。会うたびに、間近に眼にする彼女に触れたいと思った。まっすぐ彼を見凝めてくる眼に惹かれ、穏やかな低い声で話す唇を奪いたいと思った。五月が去って、入れ替わるようにその紫音が帰ってきた。そう感じたときから、下心はあったのだ。再会してみれば、その容貌は変わらず彼の官能をそそるものだった。しかも、その内に息づいている、彼の想像もしなかった女が現れた。今一度、本当の紫音を抱きたい。露わになった本当の彼女が、もっと奔放に官能の快楽に狂うのを観たい。そういう欲望に彼は苛まれていた。

それでも、なかなか積極的に口説きにかかれなかったのは、一向に生活の糧も定まらない、それどころか、本気で働く気があるのかさえ怪しい女と、深い仲になることを恐れてもいたからだ。彼女は俺にとって、Femme fatale になるかもしれない。欲望は満たされたとしても、彼女を丸ごと引き受けることは、彼には荷が重すぎた。

月が変わって二月。新宿の老舗のフランス料理屋で、紫音の誕生祝いをすることになった。もちろん彼が誘ったのだ。久しぶりの二人だけの誕生日祝い。彼はスワロフスキーの蝶のペンダントをプレゼントした。彼女が蝶の柄が好きなことは覚えていた。その場で包みを開けて取り出すと、彼女は嬉しそうに声をあげた。

最初はシャンパンで乾杯し、その後はワインを飲みながら、料理を堪能した。彼女はいつもながらの健啖ぶりを見せて、食事を楽しんでいた。

「最近はめったに美味しいものを食べられないから」

上品にフォークとナイフを使いながら、何の屈託もなくそんなことを云うのだった。

一つ彼を喜ばせる知らせがあった。ようやく仕事が決まりそうだという。大手の書店への派遣の仕事だという話だった。

「お給料が入るようになったら、毎月少しずつでも、借りたお金を返しますから」

これで彼も一安心だ。心から祝う気持ちになれた。

「正式に決まったら、就職祝いをしなくちゃね」彼が云うと、彼女は子供のような笑顔を見せた。

ワインの酔いに頬を火照らせ、彼女はいつもより饒舌になっていた。いい機会だ、確かめておこう、という気になって、彼はこれまで訊かずにいたことを口にした。

「あれから、彼氏とかはいなかったの？」

彼女はちょっと俯いて、一呼吸おいてから話し始めた。

「いましたよ」

新しい劇団の旗揚げに向けて稽古に励んでいたとき、その芝居の音楽を担当するアーティストと知り合い、交際するようになった。アーティストといっても、クラッシック畑で、現代音楽の作曲家であり、フリーランスで指揮者もやる、という四十代後半の男だった。名前を聞いたら、きっと阿木さんも知ってると思う、と彼女は云った。彼はやはり嗜虐嗜好の持ち主で、紫音の官能の欲求を満たしてくれる相手だった。彼氏、というよりご主人様という感じの関係だったようだ。彼は仕事柄、国内だけでなく、ときには海外まで飛び回っている生活だった。妻子がいるのだが、一向に家には落ち着かず、東京に来ると彼女をホテルに呼び出し、お互いの嗜好を満たしては仕事に出かけていく、ということのくり返しだった。劇団の話が駄目になった後も、交際は続いていたのだという。

嫉妬というより落胆から、黙って彼女の話を聞いていた阿木は、穏やかな口調で尋ねた。

「その人は、きみがずっと仕事をしてないことを知ってるの？」

知っている、と彼女は答えた。では、その人は助けてくれないのか、とさらに訊くと、彼女は少しばかり皮肉っぽい嗤いを口元に浮かべて、云うのだった。

「だめなんです。あの人、持ってるときは持ってるんですけど、仕事のないときは全然お金ないんですよ」

根無し草どうし、似合いのカップルだったのだろうな、と阿木もまた皮肉な気分になった。いまも続いているのか、と問うと、彼女は云いにくそうな様子で、彼の眼は見ずに答えた。

「お別れしたわけじゃないんですけど。しばらく前から会ってないし、誘われないし、メール送っても返事をくれないし。たぶん向こうはもう終わったと思ってるんです。いまでも彼のフェイスブックをフォローしているので、東京に来ているときは判ってるんですけど、連絡くれないし、書き込みしても、わたしだって判ってるはずなのに、適当にスルーされてるし。たぶんわたし、振られちゃったんですよ」

それで俺ということなのか。だとしたら、やっぱり荷が重すぎる。しかし、今なら紫音を自分のものにできるだろう。

「阿木さんは？　いまお付き合いしている人、いるんですか？」

「いないよ」

次回は就職祝いだね、ということで、その夜は別れた。新宿駅での別れ際に、何年ぶりかで楽しい誕生日になった、と彼女は礼を云った。ワインの酔いもあったのだろう。彼は衝動的に彼女を引き寄せると、人目も構わず額に唇づけをした。三年ぶりに触れる紫音の肌の感触。不意を突かれたように彼女は身を引き、素早く改札を抜けると、一度振り返って、笑顔とともに彼に向かって手を振り、人混みの中へ消えていった。彼にはしかし、最後に見せた彼女の笑顔が、心持ち引き攣っていたように思われた。三年前にはなかったことだ。

三月になって、正式に就職が決まった、というメールが来た。翌週から出勤になるという。とりあえず週五日で、月曜と金曜が休みだということだった。彼は約束どおり、翌週の金曜日に、就職祝いの食事に招待した。ところが、間際になって、彼女から一週間延期してほしい、と云ってきた。そして、さらに翌週の金曜日、七時に渋谷のセルリアンホテルのラウンジで待ち合わせることになった。

珍しく少し遅れてきた彼女は、わずかに足を引きずるようにして、彼の待つテーブルに近づいてきた。嫌な予感がしたが、それを隠して、彼は笑顔で迎えた。向かい合って席についた彼女に、素知らぬふりで声をかける。

「新しい仕事はどう？　久しぶりだから大変でしょう」

「それが…」彼女は初めから暗い表情だった。

「きょう、わたし踵のないサンダル履いてるんですよ。気がつきました?」そう彼女は語り始めた。

いよいよ明日から出勤という日に、彼女は転んで怪我をしてしまった。右足の甲から指へ繋がる筋を捻挫してしまい、右足がまったく踏ん張れない。最初は痛くて、何かに摑まって歩くのがやっとだった。何とか医者へいって治療してもらい、テーピングしてゆっくりなら歩けるようになったが、立ち仕事はとても無理で、書店員は勤まりそうもなかった。泣く泣く派遣会社に事情を話して、出勤開始を半月延ばしてもらえないか頼んだのだが、先方ではシフトを空けるわけにはいかない、ということで、他の人が派遣されることになった。不慮の怪我で就職の機会を不意にしてしまった、というので彼女もひどく落ちこんでいる様子だった。

彼にとってもがっかりな話だった。彼女が細々とでも生活の基盤を整えてくれれば。彼も安心して付き合っていける。それが、ことは反対の方向に向かおうとしていた。

「それで、お願いがあるんですけど」彼女は辛そうに言葉を継いだ。

当てにしていた収入が入らなくなったうえに、医者にかかったために出費が嵩み、来月の家賃が払えなくなってしまった。家賃の分だけでも、貸してもらえないだろうか?

一月に最初の「相談」を受けたとき、彼女は早々に仕事を見つけて、今年中に返すから、と云っていた。それが、三月半ばにして、彼女はいまだに仕事に就けず、彼が貸し付けた金額はすでに、彼女が毎月一万円ずつ返したとしても、一年や二年では返しきれない額になっていた。今度の話を引き受けたら、返済は優に三年がかりになるだろう。

「乗りかかった船ということもあるからね。しかたがない、貸すよ。でも、これが最後だと思ってくれ。ぼくはただの勤め人だ。背負える負担にも限度がある」

「わかってます。ごめんなさい」彼女はしおらしく頭を下げた。

「ところで、家賃は貸すとして、それ以外の生活費はどうするの？」

「とりあえず、本とかCDを売ったり、お洋服をネットで売ったりとか」

「売り食いかい」彼はあきれて声に出したが、眼の前に座っている彼女の様子からは、そんな生活は微塵も想像できない。相変わらず着ている服は趣味がいいし、表情も穏やかで、所作にも品がある。以前から、店に出ているときや、舞台ではともかく、普段の彼女は、身体の線を強調するような服は着なかった。今もそうだ。しかしその下には、彼が知悉している肉体があるはずだ。もう一度それを見たい。触れて確かめたい。彼女の怪我であては外れたが、抑え難い欲望だった。この調子では、いくら待ったところで埒はあくまい。衝動からというより、むしろ諦めから、彼はついにそれを口にした。

「いっそ、もう一度付き合わないか？」

笑いに紛らせるようにして、出来るだけ軽い調子で彼は口にしたのだが、そんな彼の本音を見透かしたように、彼女は顔色ひとつ変えず、穏やかな声で云うのだった。

「いいんですか？　わたしは、こういう女ですよ」

即答できずに、一瞬言葉を呑んだ彼の眼の奥を覗き込むようにして、彼女は重ねて問う。

「覚悟はあるんですか？」

大見得を切ってやろうか、とも思ったのだが、それも大人気ない。思い直して、彼は正直に答えることにした。

「覚悟なんてないよ。やってみなければ、どうなるかわからない。きみを失望させるだけかもしれない。でも、今はそうしたいんだ」

「わかりました。わたしも阿木さんにそう云ってもらえて、嬉しいです」

そのままホテルのレストランへ移って食事を済ませた後、彼としては機を移さず男と女の仲に戻りたかったのだが、さすがにセルリアンホテルに飛び込みで部屋は取れず、円山町まで歩くのはまだ足が痛くて、と彼女が訴えたので、その夜は駅の改札まで送っていく途中、柱の陰に彼女を引き寄せて、唇づけするだけで別れた。

翌日、彼は約束した金額を、彼女の指定した口座に振り込んだ。これで紫音がまた消えてしまえば、体のいい振り込め詐欺だが、そんなことにはならなかった。すぐに丁寧なお礼のメールが届き、足の痛みが無くなったら、今度こそゆっくり会いたい、と書かれていた。

さらに月が改まって四月、都内でも桜の開花が話題になるようになった。久しぶりに二人で花見に行こう、と彼が誘うと、彼女から返事が来た。まだ足が全快していないので、遠出はしたくない。「よかったら、わたしの部屋でお花見しませんか?」

彼の中で、あの夜の記憶が甦る。

「あたしのうち、桜の花びらが吹き込む部屋なんです」

V

四月初旬にしては暖かい金曜日の夕方、仕事を早めに片づけて、阿木は紫音の住む町を訪ねた。新宿から私鉄に乗り換えて、各駅停車で三つ目の駅で降りる。改札を出たところで、彼女が出迎えに来ていた。細かい花柄の、ゆったりとして裾の長いワンピースの上に、見覚えのある薄紫の春物のコートを羽織っている。足元に眼をやると、まだ踵のない靴を履いていた。

二人連れ立って街へ出る。阿木は彼女に合わせるように、心持ちゆっくりと歩いた。不思議なことに、彼がこの町を紫音と歩くのは、これが初めてだった。かつてあれほど濃密な時間を重ねながら、互いの部屋を訪ねるということは、ついに無かった。戦後になって開かれた私鉄沿線の住宅地で、駅前の商店街を抜けると、あとは街灯に照らされた閑静な家並みが続く。夜の闇に沈み込む直前の、すべてが濃紺に染め上げられた時間の中を、二人肩を並べるようにして歩いていく。間もなく大学のキャンパスに沿った通りに出た。

大学の塀に沿って歩道を歩いていくと、右側の塀の内側に植えられている桜が、ところどころ花盛りの枝を歩道の上に張り出していて、わずかな風にも花弁を散らしている。ここからもう花見だな。自然に弾む気持ちにまかせて、阿木は女の手を取った。そっと握ると、彼女も応えてくれる。その手が冷たい。前からそうだったな、彼は思い出す。片手に先ほど商店街で調達した食品とワインの袋を下げ、もう一方の手で彼女と手を繋ぎ、桜の花の下を歩くうちに、彼はふと懐かしい心地がしてくるのを覚えた。いっそこの女と暮らすことを考えてみるか。いつになくそんな気持ちになって、彼女のほうを見ると、まるで彼の想いを受けとめるかのように彼女が呟く。

「なんだか、思い出しちゃうわね。前はよくこうして歩いたわ」

横断歩道で通りを渡って、大学沿いの道を左に逸れ、少し歩くと細い路地に入る。

路地の先は突き当たりになっているように見えた。

「もうすぐそこ。この道をまっすぐ行って、左のマンション」

路地の右手は一戸建ての住宅が続き、左手はアパートとマンションが並んでいる。奥まで進むと、突き当たりと見えた正面の壁は、左手から右へなだらかに上っていく車道が造る崖を、ベトンで垂直の壁に固めたものだった。この坂は、路地の右側の家並みの向こう側を上ってきた別の車道と直角にぶつかり、合流してT字路を形成している。そのため、この一画は、T字路が造る城壁に囲まれた町のようになっている。路地の手前からは行き止まりのように見えたのだが、実際には、壁と内側の家並みとの間には、ゆっくり車が通れるほどの道路があって、壁に沿うように植えられた桜が、並木をなして続いているのだった。見事に花をつけた太い枝が、上を行く車道にも庇をかけるように張り出し、下の道路にも等しく花びらを降り撒いている。並木の合間に立つ街灯の、青白い明かりに映えて、見事な眺めだった。

紫音は路地の一番奥のマンションへと彼を導いた。硝子張りの重い外扉を押してエントランスに入ると、彼女は先に立って、インターホン横の操作盤に鍵を差しこみ、オートロックを開錠する。内扉は彼が開けた。紫音を先に通し、後に従う。エレベーターで三階へ上がると、廊下を右へ折れて最初の部屋だった。

彼女は同じ鍵を使って手早くドアを開けると、先に入って、明かりを点けながら彼を招いた。

「どうぞ、お上がりくださいな」

「おじゃまします」

彼女の後に続いて、狭い玄関に靴を脱ぎ揃えて上がる。六畳ほどの広さはあろうか。思っていた以上に簡素で、飾り気のないキッチンだった。玄関の左側に、腰の高さほどの棚を兼ねた靴入れ、その奥に小さな冷蔵庫。部屋の左手の壁に沿って瓦斯レンジや流し、食器棚が並んでいる。右側の壁に扉が二つ並んでいるのは、トイレと浴室だろう。フローリングの床の真ん中に、小さな食卓と、貧相な椅子が一脚あるばかり。

彼女はそのまま奥へ進んで、一間幅の引き戸を左へ引くと、中へ入って明かりを点けた。寝室と居間を兼ねた奥の部屋が現れる。

「どうぞ」という彼女の声に誘われるまま、ようやく彼女の本当の生活に一歩近づくような思いで、彼は足を踏み入れた。

実に味気ない部屋だった。一年以上働いていないということを考えれば、つましい暮らしぶりであろうことは、彼も予想していたのだが、それ以上に何もない部屋だった。おそらく元から張られていたものであろう、いかにもありきたりな、白を基調にした壁紙に覆われた、これも六畳ほどの横長の部屋で、右の壁際にベッド、左の壁に沿って整理用ボックスが二つと本棚が一つ並んでいる。左奥には小さなクローゼットがあって、これが唯一の収納になっている。収納と本棚の間に、細長い姿見が置かれていた。奥は広い掃き出し窓で、その上にエアコンが備え付けてある。元の色がよく判らないくらい色褪せた、縦縞のカーテンを彼女が開けると、窓は摺り硝子になっていて、外は見えない。その窓を彼女が大きく開くと、新鮮な外気とともに、外の景色が彼の視界に飛び込んできた。

屏風を立てたような窓いっぱいの桜花。招かれるまま窓辺に寄れば、外には狭いベランダがあり、下の道路を隔てて正面にベトンの壁が聳え、その上を車道の白いガードレールが、サッシの上がり框をかすめるように、右上がりに横切っている。この窓から右に少し外れたあたりの壁際に植えられた桜の大木が、灰色の壁を背景にして、ベランダのフェンスの間近まで枝を伸ばしている。どの枝も今を盛りとばかり、薄紅を帯びた皓い花邑に覆われている。それが、左手の、これも壁際に立つ街灯に照らされて、壁に不気味な影を落としながら、夜の闇にくっきりと浮かび上がっている。

「どう?」紫音は得意げに彼のほうへふり向いた。

「いやあ、これは素敵だ」他に言葉が浮かばなかった。

彼女はコートを脱いでベッドの上に置くと、そこにあった薄いクッションを彼のほうに差し出しながら云った。

「ごめんなさい。椅子とかないんで、適当に座ってくださいな」

フローリングの床の中央部に敷かれた、一見ペルシア風の、しかし感触は明らかに化繊の絨毯の上に、クッションを敷いて腰を降ろすと、彼は改めて開いたままの窓の外を眺めた。花びらが吹き込む部屋。予想していたのとはだいぶ違う。公園か学校が間近にあって、そちらに向いた窓を開け放つと、展けた景色の中に立つ桜の樹から、風に乗って花びらが舞い込んでくる。そんな明るい部屋を、彼は想像していたのだった。実際に来てみると、窓の外にあるのは、高く聳えるベトンの壁を背景にした、空のない桜絵図だった。モダンといえばモダンだが、むしろ凄みさえ感じさせる借景だった。

彼女がキッチンに入って、買ってきた食べ物を皿に盛りつけている間に、彼は部屋の中を見回してみた。整理用ボックスも本棚もほとんど空っぽだった。女性らしい小物や人形の類も見当たらない。装飾と云えるものは、ベッドの上の壁に貼られた山本タカトのポスターと、本棚の前に立てかけるようにして置かれた、ジャン・ジャンセンのリトグラフだけだった。テレビもＰＣもない。二枚の絵は、どちらも彼が贈ったものだった。

彼女が戻ってきて、姿見の後ろから小さな卓袱台を引っぱり出した。脚を立てて彼の前に置くと、皿に盛りつけた肴を運んでくる。彼も手伝って、皿を並べると、それなりに賑やかな食卓になった。最後に赤ワインの瓶とグラスを持ってくると、彼女も卓袱台を挟むようにして、彼の前に座った。

「帰ってきてすぐに冷蔵庫に入れたんだけど、まだ冷えてないわね」

「いや、赤なら、ちょうどいいところだろう」

彼女は慣れた手つきでコルクを抜くと、二つのグラスにワインを注いだ。

おや、このグラスは。彼は思わず声に出しそうになった。桜の柄をあしらった江戸切子。柄を彫り出す下地のぼかしが、一つは桜色から薄紫、もう一つは群青から薄紫。脚にかけてはどちらも臙脂に近い血のような赤。桜色のほうは、去年の春、彼が五月に贈ったのと同じものだ。そちらを紫音は自分で手に取り、もう一方を彼に勧める。

「江戸切子だね。きれいなグラスだ」この奇遇を勝手に吉兆と捉えて、彼は口にした。

「すごく気に入って、奮発して買ったんです。お花見にぴったりでしょう?」

グラスを合わせて乾杯すると、ささやかな宴が始まった。彼女はすこぶる上機嫌で、生ハムやらチーズやら、出来合いを買ってきたサラダや魚介のマリネに舌鼓を打ち、のんびりと杯を重ねていった。

「この部屋何にもないでしょう?」ほんのり赫味のさした頬に笑みを浮かべて、彼女が云う。「本も、CDとかDVDも、いっぱいあったんですよ。陶器とか、絵とかも。

でも、ほとんど売ってしまったから」

「さすがに、もうそろそろ働かないとまずいんじゃないか?」

「そうなんですよ。足もほとんど治ったから、来週から捜します。とりあえずバイトからでも始めないと」

今度ばかりは本気なのだろうと信じて、彼は頷いた。

「でも、これだけは売りたくなかったの」彼女は少し語気を強めて、ジャンセンのリトグラフを指して云った。「阿木さんに貰ったものだけは取ってあるの。わたしの趣味にぴったりくるんですもの」

不意に冷たい風が吹き込んできた。風とともに皓い花吹雪が、二人の上にまで降りかかる。ね、本当だったでしょう。そう云っているような眼差しで、紫音が彼を見凝める。と、彼女は立ち上がり、部屋の明かりを消した。

「このほうがきれいでしょう?」

「うん、そうだね」

二人のいる部屋は夜と溶け合い、窓の外の借景はいっそう明るく浮き上がった。彼女はキッチンから赤い蠟燭を持ってくると、マッチを擦って火を点け、卓袱台の上の空いた皿の一つに立てた。揺らめく炎が、二人の周りだけを、宵闇の中に照らし出す。

「もう少し飲みましょうか」

杯を重ね、互いの絆を確かめ合うように昔語りを続ける間も、時おり立つ風が二人の周りに花びらを降らせ続けた。ふと気がつくと、膝を崩して座る彼女のワンピースの裾が乱れて、片方の膝と内腿が覗いている。普段はひどく姿勢のいい彼女が、酔いのせいもあってか、卓袱台に凭れかかるように屈んで、緩やかな襟元の奥に下着の縁飾りが見えた。彼は紫音に近づき、露わになった膝に手を置いた。すでに気持ちは伝えてある。拒まれない自信はあった。彼女が顔をあげ、彼を見凝める。その眼を恐れず、彼は唇を重ねていった。彼女は眼を閉じると、自ら唇を緩め、彼の唇と舌を受け入れ、恣（ほしいまま）に委ねる。安堵した彼は、女の膝に置いた手を少しずつ奥へ進めていく。不意に彼女は唇を離すと、そっと彼を押しのけて、立ち上がった。

「少し寒くなったわ。閉めましょう」

窓を閉めにいく彼女を追って、彼も立ち上がる。窓を閉め終えた女の背中を抱き寄せ、うなじに唇を押しあてた。かすかに声をあげる女の身体の前へ手を回し、服の上から胸を優しく摑む。腕の中に抱いた身体の反応から、彼女もまた欲情していることを確信した彼は、今度は落ち着いて彼女を自分のほうへ向かせ、改めて強く抱きしめると、唇づけをくり返す。そうしながら、背中に回した手を使って、彼女のワンピースのホックを外し、ファスナーを降ろす。この女の身体を見たい。思うままに愛撫したい。彼の思いはそればかりだった。ワンピースは女の足元に抜け落ち、肩紐を外されたスリップがそれに続く。彼にしがみつくように身を預けている女をあやすように、一度腕をはずすと、彼はその場に屈みこむようにして、女の下肢からストッキングを剝ぎ取った。下着の上から彼女の局部に触れ、指先で嬲りながら立ち上がる。もう一方の腕で腰のあたりを支えるようにして抱くと、今度は下着の上から覗くふっくらとした胸元に、唇を押しあてた。女の喘ぎ声はしだいに大きく、絶え間ないものになり、腰が揺れ始める。あのころの愛おしさがそのままこみ上げてきて、彼は思わず女の尻を強く敲く。あっ、と悲鳴が女の口から迸る。彼にとっては耳に馴染んだ、懐かしい声だった。それが快楽を訴える甘い悲鳴であることを、彼は知悉している。打擲が引き金を引いたように、彼女の反応は一息に奔放なものになっていった。今にも崩れそうに腰を振りたて、ひときわ強く彼にしがみつき、くぐもった唸り声を漏らす。

頽れそうになる女の身体を支えながら、彼は女の最初の発作が治まるのを待った。その後はベッドへ誘おうと思っていたのだが、息を整えた彼女は彼から身を離すと、すぐ傍らのクローゼットを開けて、何かを捜し始めた。下着だけの姿でクローゼットの中を探っている女の背中を、彼は焦れる思いで眺めていたが、やがてふり向いた彼女が差し出した物は、彼にこの上ない歓喜を齎した。紫色に染められた麻縄。あの頃のままに、きれいに束ねられて揃っている。

「お願い。縛って」

両手に乗せた縄束を、彼に向かって捧げ持つようにして、床に跪くと、まっすぐに彼を見上げて彼女はそう云った。

摺り硝子越しに差し込む街灯の明かりと、すぐ横の卓袱台の上で揺らめく蠟燭の炎に照らされて、跪く半裸の女。そのぬめるような皓い肌が、暗がりに恍っと浮かぶ。その周囲を飾るように、床に落ちた桜の花びら。紫音は本当に帰ってきたんだ。彼は悦びに叫び出しそうだった。その美しさに気圧されたように、口をつぐんで凝っと見下ろす彼に向かって、彼女は重ねて懇願する。

「お願いします。縛ってください」

彼は縄を受け取ると、ベッドに腰を降ろし、震えそうになる声を抑えて、彼女に命じた。

「全部脱いで、身体を見せなさい」

彼女は立ち上がると、下着を脱いで、素裸を彼の眼に晒す。もっと間近に眺めるために、彼は声をかけた。

「ここへおいで」

目の前に立たせておいて、懐かしくも愛おしい女の裸身を彼は凝視する。踊らなくなったせいで、以前より筋肉は落ちているが、贅肉は少しもついていない。肌の肌理といい、しなやかさといい、微塵も衰えていなかった。変わらぬ優実な肉体の輪郭と感触を確かめるように、彼の両手が女の身体の上を撫でていく。首筋、肩から二の腕、脇から腰の曲線。一度下った両手は腰を軽く抱くようにして背中へ回り、優しく撫で上がる。再び肩まで上ると、今度は胸元をゆっくりと下って、豊かな形のよい乳房を覆い、その嵩と重みを確かめるように、両の掌でそっと揉んでみる。すでに乳首がぷっくりと硬ばり勃っているのを、彼は手の中に感じとる。女の口から熱をはらんだ喘ぎ声が漏れる。彼の手はさらに下って下半身に伸び、腰から尻、平らかな腹、太腿とたどってから、両脚のあわいを遡って、柔らかな体毛に覆われた局部に至る。尻を一つ敲いて両脚を開かせると、彼の指先が恣に女の性器をまさぐり始める。そこはすでに、体毛に雫がつくほどに潤っている。押し寄せる快楽を堪え忍ぶように、ときおり身を震わせながら、じっと彼の愛撫に身を任せて立ち竦んでいた女が、ついに堪えきれなくなったように声をあげた。

「もうだめ」

立っていられないのか、と囁くように彼が問うと、女はかすかに頷く。彼は自分の足元に女を正座させると、縄を手にして立ち上がった。彼を見上げる女の眼が、情欲に潤んでいる。両手を背中に回すように女に云いつけると、彼はその手首を摑みとり、縄を絡めていく。後手に縛った縄を二の腕から身体の前に回し、乳房を上下から挟むように巻きつけて背中で留める。さらに接いだ縄を肩口から胸に下ろし、乳房の上下に巻いた縄に絡ませて引き絞り、乳房を絞り出すようにして、もう一方の肩へ掛けて背中へ下ろし、後ろで結ぶ。縛り終えると、彼は縄尻を取って彼女を立たせ、姿見の前へ牽いていった。両膝を開いて跪かせると、鏡の中に紫の縄に括られた紫音の全身が映し出される。羞恥に顔を背けようとするのを、髪の毛と腭を摑んで容赦なく晒しあげると、彼は行為に似合わぬ優しい声で命じる。「ほら、ちゃんと見てごらん」

　頰を上気させ、歯を食いしばるようにして、懸命に眼を開き、鏡に映る自分の姿を見させられる彼女の眼は、しかし官能の昂りに潤んで、眼を閉じてしまいそうになるのを堪えながら、何かを訴えるように、やはり鏡に映りこんでいる彼のほうを、ちらちらと見やるのだった。彼もその場に膝をつくと、背後から女の身体に手を回し、縄に付け根を締め上げられた乳房を甚振るように揉みしだき、屹立した乳首を優しく弄ぶかと思えば、力まかせに捻りあげる。そのたびに女は悶え、喘ぎ、身をもがき、悲鳴をあげる。片手を股間に伸ばせば、しとどに潤った局部は彼の指を歓喜とともに受け入れながら、あまりの快楽に堪えきれぬようにのたうちまわる。鏡の中の女が、貪欲に快楽を求めて狂いたつ雌獣に堕ちていく。これがこの女の本当の素顔なのかもしれない。彼はずっとそれを確かめたかったのだ。この素顔のほうが、神の傀儡としての恩寵を失った、根無し草の紫音にふさわしい。そして、少なくとも今だけは、この素顔の紫音は俺だけのものだ。その思いが彼の官能をいっそう掻き立てる。狂うかもしれない。そんな予感が彼の脳裏をよぎる。しかし、圧倒的な欲望の前では、どんな警鐘も無力だった。

女が快楽を極めようとすると、その身体が崩れないように、左手で背中の縄を摑み、右手で思いきり女の尻を打擲する。敲かれる痛みは、初めのうちこそ彼女の快楽を堰くのだが、愛撫と打擲をくり返されるうちに、痛みさえ快楽を掻き立てるようになる。そういう彼女の性癖を、彼はすでに知り尽くしていた。ついに獣じみた咆哮とともに、彼の手をふり切るように全身を震わせると、絶頂を極めた女の身体は、腰から頽れてしまった。床に蹲ったまま、硬直と痙攣をくり返す女体を、彼は懐かしいものを見るように見守っていた。

痙攣が治まるのを待って、彼は足先で女の身体を仰向けに転がした。女の呼吸はまだ乱れたままで、縄に括られた胸から、皓く平らかな腹にかけて、激しく上下している。だが、女の眼はなおも欲情に濡れ、さきほどと同じように、訴えかけるような眼差しで彼を見上げている。

「どうする？　まだ続けるかね？」答えを承知で彼は問いかける。答えを女の口から聞きたくて、彼は問うたのだ。

「もっと。もっと虐めて」

彼は卓袱台の上から、まだ半分ほど燃え残っている蠟燭を手に取ると、彼女の腹の上に翳した。女の顔に怯えが走る。彼もこんな拷問を試みるのは初めてだった。蠟燭を傾けると、芯の周りに溜まっていた溶けた蠟が、女の腹の上へと一気に滴り落ちる。女の口から獣じみた悲鳴が迸り、縄に括られた身体が、熱さと痛みに堪えかねて、のたうちまわる。悲鳴の大きさに彼も驚かされた。隣近所に怪しまれては厄介だ。他に手頃なものも見つからず、床に脱ぎ棄てられていた女の下穿きを拾うと、有無を云わさず彼女の口に突っ込んだ。そうしておいて、再び蠟燭を手に取る。今度は縄に締め上げられた女の乳房へ、肩へ、蠟を注いでいった。絶叫し、のたうちまわる女の姿態は、彼の中に、自分でも思いもよらなかった、激しい嗜虐の欲望を目覚めさせた。彼は力ずくで寛げた女の脚の間に座り、伸ばした自分の脚で女の膝を上から押さえこむと、女の下腹部から太腿へ蠟を垂らし続けた。そのうちに、熱さと刺激に慣れてきたのか、恐怖心がいくらか治まったのか、女の悲鳴に、打擲を受けるときのような甘いうめきが混じるようになり、のたうちまわっていた肉体の動きに、痙攣が混じるようになってきた。試みに局部に触れてみると、溢れんばかりに濡れている。そこに指を差し入れておいて、思いきって、局部に蠟を垂らしてみる。自分の指にも蠟がかかるので、彼も熱さに堪えなければならなかったが、彼女の見せた狂態は、それに報いて余りあるものだった。

彼の指先の齎す快楽と、蠟の雫が与える容赦ない苦痛がない交ぜになって、今度こそ彼女の官能を狂わせたようだった。口に押し込まれた自分の下着で堰かれた、絶え間ない絶叫と、全身を襲う痙攣がひとしきり続いたかと思うと、絶頂を告げる胎内の痙攣を彼の指に伝えながら、ついに彼女は失神してしまった。

わずかに燃え残る蠟燭を吹き消すと、彼は自分も服を脱ぎ、裸になって、抜け殻のように横たわる紫音の身体を抱き寄せた。その口から薄紫の下着を取り出してやると、すでに先ほどから屹立している自分の物を、蠟にまみれた彼女の性器に押しあてる。まだそこが充分に潤っていることを確かめると、彼は狭隘な甘井(かんせい)を一息に貫いた。しっとりと濡れた熱い肉が彼の幹を締めつけてくる。懐かしい紫音の胎内の感触を思い出しながら、彼はゆっくりと腰を使う。恐ろしく野蛮な感情が身内に沸き上がってくるのを、彼は感じていた。この女は俺のものだ。生かすも、殺すも、狂わせてしまうのも、俺の思いのままなのだ。死ぬまでこの女を飼ってやろう。

やがて女の胎内が反応し始め、間近に見下ろす女の顔にも、表情が戻ってくる。半ば開いた口からかすかな喘ぎ声が漏れ、うっすらと瞼が開かれる。その頰に平手打ちをくれて、彼は問いかける。

「ぼくが判るか?」

女は瞼を瞬かせながら、彼を見上げている。

「阿木さん…。嬉しい。こんなにわたしを虐めてくれた人は初めて」

やっと囁くように云う彼女の言葉に唆されて、彼は腰の動きを速める。女の眼に再び快楽への貪欲な意志が宿る。

「気持ちいい。わたしの奥にあなたを感じるわ」

目覚めた雌獣を抑えつけなければいけない。支配しなければ。彼は欲望に任せて女の頰を敲く。そのたびに女は甘い悲鳴をあげ、その胎内は彼を締めつける。彼を逃すまいとするように、女の脚が彼の腰に絡みつき、背中を押さえつける。

「首を絞めて」彼女は懇願する。前にもしたことがある、彼女の好きな愛戯だった。彼は両手を女の首にかける。細い首の両側から、少しずつ絞るように締めていく。女の顔が徐々に紅潮していく。顳顬（こめかみ）に静脈が浮き上がる。女の胎内の締めつけはますますきつく、熱くなる。激しい快感が下半身からせり上がり、彼を駆り立てる。苦しい息の下から、女が声をふり絞る。

「もっと虐めて。わたしはあなたを裏切ったの。もっと虐めて」

その眼は、むしろ挑みかかるように彼を見凝めている。彼はもう何も考えられない。夢中で快楽の極みを求め、駆け昇っていく。

長くはかからなかった。空白の瞬間が訪れる。頭の中が真っ白になり、ただ、激しい痙攣とともに、精液がとめどもなく性器の中を駆け抜けていく感覚だけがあった。それは恐ろしいくらい、凄まじい快感だった。彼は女の首から手を離すと、息を切らし、力尽きて女の上に頽れる。聞こえるのは自分の荒い息遣いばかり。間もなく、彼は違和感を覚えて眼を開く。女の息遣いが聞こえない。あれほどきつく締めつけていた女の胎内が、奇妙なほど弛緩していて、いつもの絶頂の余韻を伝える痙攣もない。女から身体を離すと、彼の腰に巻きついていた下肢は、力なく大きく開いたまま床に投げ出され、その間に愛液とも、彼の精液とも違う、さらさらした液体が小さな水溜まりを作っている。失禁したのか？

さきほど、蠟燭で責められて気死したときとは、明らかに様子が違う。全身が白々と冷めきって、微動だにしない。彼は女の頬を強く敲き、耳元で呼びかけた。

「起きろ。紫音、起きろ！」

敲いても、揺すっても反応がない。死んでいるのか？

途方もない不安に襲われて飛び起きると、せめて頭を冷やそうと、彼は窓を開け放つ。とたんに冷たい風とともに、花びらが吹き込んできた。

紫音を殺してしまった。そう思いながら、しかし、彼にはまだ現実感がない。昂った気持ちのまま、事態を量りかねていた。臙脂色の絨毯の上に横たわる紫音の身体。上半身に紫の縄を絡ませただけの、しなやかな美しい裸体。白磁のように滑らかなその肌には、乾いた血の跡のように、くっきりと赤い蠟が張りついている。その上に、風に乗ってはらはらと舞い落ちる桜の花びら。動かぬ紫音の表情の、何と満ち足りて優しそうなことか。

　こんなにも美しい死体。窓に広がる、無機質なベトンの壁と、咲き誇る桜の借景。俺の人生で、これほどの快楽を極めたことがあっただろうか？　これほどの美しさに出会ったことがあっただろうか？　これほどの快楽と美しさと心中するのなら、そのために破滅するのなら、本望ではないか。

　ふとふり返った彼は、姿見に見知らぬ男が映っているのに気づく。誰だ？　それはまぎれもない彼自身なのだが、見たこともない自分、見知らぬ自分の顔だった。その眼は狂気の兆に輝いていた。彼は心臓が破裂するような動悸を感じ、脳髄が沸騰するような昂奮を覚える。だが恐ろしくはない。彼はこの目眩く感覚を知っている。遠い昔、若い日に、何度か訪れたこの感覚。

「これは…、ああ、そうだった」彼は思い出す。向こう側の世界への扉が、開かれようとしているのだ。東京の繁華街の裏通りで、欧州の古びた町の広場の片隅で、何の前触れもなく訪れたこの感覚。長いこと憧れていた、向こう側の世界への扉。しかし、いつも俺は最後の一歩を踏み出せなかった。これが最後の機会かもしれない。今度こそ！

　最後の一歩を踏み出す覚悟で、彼は紫音の傍らに座ると、身を屈めて、彼女の冷たい唇に唇づける。彼女は俺のイシスだったのかもしれない。死の天使。そうだ、紫音は死の天使だったのだ。愛しい彼女が、俺を彼岸へと導いてくれるだろう。

そのとき、ひときわ強い風が吹き込んできたかと思うと、卓袱台の上の皿に敷いてあった紙ナプキンを巻き上げ、江戸切子のグラスを薙ぎ倒した。硝子の当たる硬質な音が、彼の意識に突きささる。その刹那、声が聞こえた。

「ここにいてはだめ。早く出るのよ」

聞き覚えのある声。彼にはそれが五月の声に聞こえた。

我に返ってみれば、夢のような感覚は消え失せて、あとはただ恐ろしさしかなかった。

紫音を殺してしまった。それだけが事実だった。彼は慌てて立ち上がり、窓を閉め、鍵をかけると、急いで服を着て、部屋を後にした。


何処をどう通ってきたかも覚束ないまま、自分の部屋に帰り着くと、彼は眠れぬ一夜を過ごした。どうしてこんなことになってしまったのだろう？ 彼は問い続けていた。どう思い返しても、一瞬の狂気としか思えない。頭の中が真っ白になるほどの快感に溺れた、その一瞬の出来事だった。

俺は彼女の望みに応えただけだ。彼はそう思おうとした。だがそうするそばから、彼を信じてその身を預けていた彼女を裏切ってしまった、という思いが突きあげてくる。彼女ほど彼の官能を満たしてくれる女はいなかった。その女と今度こそ一緒に生きていける。あの部屋で彼女と二人、蠟燭の揺れる焔に照らされ、桜の花びらを浴びながら、彼はそう信じようとしていた。それなのに、あのまっすぐにこちらを見凝める眼差しも、化粧気のない清楚な笑顔も、そして、苦痛も羞恥も悦楽に変えてしまう、官能の錬金術を秘めたしなやかな肉体も、自分の手で滅ぼしてしまった。やっと取り戻したと思ったのに。

もしかしたら、彼女の媚態と桜の花びらに唆された官能の昂りが、長い間彼の胸の裡に秘められていた向こう側の世界への衝動を、呼び覚ましたのかもしれない。あのとき鏡に映っていた、まだ見ぬ自分の顔を、彼ははっきりと覚えている。彼女を生かすも、殺すも、自分の思いのままなのだ、そう考えた瞬間が、彼には確かにあった。人の則（のり）を越えようと望んだ瞬間が。

だとすれば、紫音はやはり彼にとって、死の天使だったのかもしれない。きっと彼女と出会ったときから、こうなる運命だったのだ。阿木はそうも思うのだった。彼女とともに破滅する。この先どれだけの時間が残されていようと、俺の魂は彼女のものだ。それが彼女と追い求めた美と快楽の代償なのかもしれない。

熱に浮かされたような思念のくり返しの果て、夜明けとともに現実の感覚が戻ってきた。

一瞬の過ちから、一人の女を殺してしまった。紫音の人生を理不尽に奪ってしまった。それがすべてではないのか？　悔やんでも悔やみきれないことではあるが、それだけが確かな現実なのだ。

紫音の死体はすぐに発見されるだろう。駅前の商店街でも見られている。彼との関係もすぐに判明することだろう。あとはあの部屋に残っている指紋からも、彼女の体内に残っている精液からも、忽ち彼が犯人だと証明されるはずだ。どう考えても逃げ道はなかった。さっさと自首するか、残されたわずかな時間を使って、できる限りの身辺整理をしておくか、それ以外の選択肢は彼には思い浮かばなかった。

どうせ助からない。人を殺してしまったのだ。この先にもはや自由も歓びもない。あとは廃墟のような時間が残されているばかりだ。どうしても飲みこむことのできない現実を、無理やり飲みこんでしまうと、彼は後者を選んだ。

土曜、日曜とできるだけ外へ出ずに、部屋に籠っていた。いつ警察がやってくるかと怯えながら、一日中テレビの報道とネット上のニュースを確認していた。しかし、何も起こらない。虱潰しにニュースをチェックしても、紫音の遺体発見を窺わせるような報道は見つからなかったし、警察はおろか、誰一人訪ねてこなかった。読みかけの本を読み終えておこうと開いても、眼が活字を追うばかりで、言葉は一向に頭に入ってこない。好きな音楽を最後にもう一度聴いておこうと、ＣＤをかけても、旋律のように身体の奥にくすぶっている。

　恐怖と悔恨、悦楽の記憶と救い難い喪失感、そして、過ちとはいえ犯してしまった罪への慄き。それらが入れ代わり立ち代わり、彼の意識に襲いかかってくる。何をしていても、内心では地獄巡りが続いていた。

　ともすれば吐き気を催しそうな不安と恐怖の中で、彼は二日間を過ごした。月曜日の朝、会社に電話を入れて、急な体調不良を理由に休みを取った。さらに半日、昼まで報道のチェックを続けたが、何も起こらない。時間の経過とともに、彼は自分の揺れ動く意識の底に、何か知らん違和感が澱んでいることに気づいた。これ以上こんな気持ちの悪い毎日を続けるくらいなら、いっそ自分で確かめてやろう。追いつめられた彼は、大胆な行動に出た。まず紫音の携帯に電話をかけてみる。思ったとおり、誰も出ない。メールを送ってみる。届かなくなっていた。あのときと同じだ。自分の眼で確かめるしかない。そう思いつめた彼は、部屋を出ると、通りでタクシーを拾い、紫音の部屋へ向かった。

　大学の近くで車を降り、後はあの夜のとおり、紫音と手を繋いで歩いた道をたどる。路地を曲がって奥へと進み、左側のマンションへ。外から見るかぎり、変わった様子はない。ベトンの壁に沿った道に回って見上げてみたが、彼女の部屋の窓は閉まったままで、中の様子は判らなかった。灰色の壁に沿って咲く桜並木は、まだ花を残していたが、午後の明るい光の中で見ると、いかにもありきたりで、何の凄みも感じなかった。

根気強く待つうちに、居住者と思われる年配の女性が、マンションの玄関に現れた。外出するその女性と入れ違いに、居住者を装ってオートロックをすり抜ける。エレベーターで三階に上がり、右側最初の扉。三日前、彼が出るときには当然鍵をかけていない。いま鍵がかかっていれば、誰かがすでに紫音の死体を見つけたということになる。それにしては、事件の現場を保全するための告示も、警察による立ち入り禁止の封印も見当たらない。思いきってドアノブに手をかけ、回してみる。そのまま強く引くと、鍵はかかっていなかった。細めに開けた扉の隙間から、素早く身体を滑りこませる。室内の様子に彼は驚愕した。

何もかもなくなっていた。冷蔵庫も食卓もない。奥の部屋との仕切りの引き戸は開いたままになっていたが、そこから窺えるかぎり、奥の部屋も同様だった。靴を脱いで上がると、確かめるために彼は奥の部屋へ進んだ。ベッドもない。紫音の死体が横たわっていた絨毯もない。整理ボックスも、本棚も、絵もポスターも、カーテンも、姿見もなくなっている。死体はおろか、そんなものがあった形跡さえ、何も残されていない。ただ一つ、卓袱台だけが、部屋の片隅にぽつんと取り残されていた。その上に封筒が置いてある。開いてみると、便箋一枚の短い手紙が入っていた。

「ごめんなさい。お金は返せなくなりました。

これで終わりにしましょう。さようなら。捜さないでください」

署名はないが、紫音の字だった。宛名もないが、彼に宛てたものに違いない。

三日前の夜と同じように、彼は床にへたりこんでしまった。あれほど部屋中に降り敷いていた花びらも、きれいに掃除されて、一枚も残っていない。ただ、よく見ると、床の所々に蠟の跡がこびりついている。あの夜目のあたりにした現実と、いまこうして眼にしている現実との間の、あまりに大きな隔たりに、彼は途方にくれるばかりだった。

「俺は誰を捜し求めていたんだろう」彼は溜息とともにひとりごちる。

紫音が消えたいま、もう答えはない。答えはないが、どうやら彼女は生きている。彼は紫音を殺さなかったのだ。確かな現実はそれしかない。そう信じるしかない。そう思い定めると、ようやく彼は安堵に身を任せることができた。

彼は手紙だけを上着のポケットにしまうと、他には何にも手を触れないようにして、部屋を出た。散り始めると桜は早い。残っている花の合間からは、すでに緑の若葉が覗いていた。

あれからもう十年になる。あのとき、扉は永遠に閉ざされたのだ。その後は憑き物が落ちたように、嗜虐の快楽を追い求めることもなく、風俗店に足を踏み入れることもなく、過ごしてきた。六年前に縁があって、彼は妻を娶った。十歳年下の離婚歴のある女だったが、馬が合うというのか、穏やかに暮らしている。

気がつけば、もう閉館の時刻だった。彼は明日館を後にして、池袋へ向かう。石畳の路地を抜けて、少し歩けば大通りに出る。横断歩道を渡ればメトロポリタンホテル。右へ行って、お化けトンネルを抜ければ雑司ヶ谷。鬼子母神へは近い。行ってみようか？

いや、止めておこう。彼は思い直す。少し疲れた。妻が夕食を用意して待っているはずだ。手料理の味もすっかり彼の口に馴染んで、その後の何気ない二人の時間も、今はそれなりに愛おしく思える。今夜は早く帰ろう。だが、信号が変わるのを待っている彼の脳裏に、間歇泉のように記憶が甦る。歳月の移ろいを彼に思い知らせることになった、あのひと言。

去年の夏、七月の午後。本を買いに出たついでの、散歩の途中だった。明治通りの古本屋を出て、少し先を左に入り、鬼子母神まで歩いていった。境内に人気はなく、蟬時雨のなか、一人で参拝している女が眼についた。後姿が五月に似ている。女は参拝を終えると、境内を横切って参道へ向かう。その横顔は五月に違いなかった。彼は思わず歩み寄って、声をかけた。女がふり返る。

「え、違いますよ。どなたですか?」

しかしその顔に戸惑いは見えない。戸惑ったのはむしろ彼のほうだ。女に答えることもできず、ただ見凝めるばかり。木漏れ日を浴びた懐かしい笑顔。忘れられない笑みを浮かべて、女は云う。

「わたし、あなたを知らないわ」

跋

灰色の脳細胞の海に生まれては儚く消えていく泡沫のような小宇宙のいくつかを、掬い上げては言葉に刻むことを続けてきました。

もとより物語とはFictionであり、私にとってFictionとは、個人の体験を某か異化することによって多くの人々に共有させるための手段ではなく、一人の想像力の中で生成された宇宙の萌芽を他者の想像力の中に次々と増殖させていくための装置なのです。

同じ言葉を前にして、私の意識のスクリーンに映るイマージュと、あなたの意識の中に結ばれるイマージュが、同じである必要はないのです。むしろ、違うからこそ言葉は時を超え、場を超えて力を持ち続けることができるのです。

私が拵えて御覧にいれる物語は、此処ではない何処か、今ではない何時かの物語です。それはまた、「此処」だけが世界ではない、「今」だけが人の生を縛る時間ではない、ということを証すための試みでもあるのです。

そんな仕事を「バロックの試み」と名づけてみました。

著者プロフィール

市川 宏（いちかわ ひろし）
1960年生まれ
東京都在住
2002年『神の名』文芸社より刊行
2012年『天使錯乱』（田中裕 著）文芸社より刊行

バロックの試み

2018年2月15日　初版第1刷発行

著　者　市川 宏
発行者　瓜谷 綱延
発行所　株式会社文芸社
〒160-0022　東京都新宿区新宿1－10－1
電話　03-5369-3060（代表）
03-5369-2299（販売）

印　刷　株式会社文芸社
製本所　株式会社本村

ISBN978-4-286-19057-0